U0123052

素履之往

木心作品集

1982年出國前夕

寫作時每天散步於此

易．履卦．初九．素履．往无咎
象曰．素履之往．独行願也
九二．履道坦坦．幽人貞吉
象曰．中不自乱也
九五．夬履．貞厲
象曰．位正当也
履初言素．礼以質為本
賁．文也．賁上言白．文之極反而質也
白賁无咎．其即素履往无咎歟

手跡

編輯弁言

木心的文章總是空襲式的，上世紀八〇年代他的《瓊美卡隨想錄》、《溫莎墓園》、《即興判斷》……曾那樣空襲過台灣不同世代即使最挑剔的讀者。一如葉公好龍，神龍驟臨，讓我們驚駭、感激、困惑、羞慚……像舉手遮眉抬頭望向天際，這些穿透二十世紀的文明劫滅或藝術心靈墮壞的灰色長空，如自在飛花，卻又如旋風如光燄爆炸的詩句，究竟從何而來？

他像是來自遙遠古代的墜落神祇——在某個意義上說，木心的那個世界，那個精緻的、熠熠為光的、愛智的、澹泊卻又為美為精神性叩問而騷亂的世界，在他展開他那淡泊、旖旎的文字卷軸時，早已崩毀覆滅，「世界早已精緻得只等毀滅」——他像一個孤證，像空谷跫音，像一個「原本該如是美麗的文明」之人質。有時悲哀沉思，有時誠懇發脾氣；有時嘿笑如惡童，有時演奏起那絕美故事，銷魂忘我；有時險峻刻誚，有時傷懷綿綿。

我們閱讀木心，他的散文、小說、詩、俳句、札記，如織如梭，難免被他那不可思議廣闊的心靈幅展而顫慄。我們為其全景自由的洞見而激動而豔羨，為其風骨儀態而拜倒而自愧。他是結結實實的懷疑主義者；他博學狡猾如狐狸，冷眼人世，似與老莊、希臘賢哲、魏晉文士、蒙田、尼采、龐德、波赫士……在一穿過人類文明曠野的馬車，蹦跳恣笑、噴煙吐霧；卻又古典柔慈在童年庭園中，以他超前二十世紀之新，將那裹脅著悠緩人情，戰爭離亂，文明劫毀之前的長夜，某些哲人如檻中困獸負手踱室，卻一臉煥然的光景，像煙火燒燎成一個個花團錦簇的夢。

此次印刻出版社推出之「木心作品集」，是目前為止海峽兩岸木心文集最完整之版本，其中《詩經演》一部，應可一慰讀者渴慕之情。哲人已逝，這整套「木心作品集」的面世，對我們，或如漫遊一整座諸神棲止的嚥語森林，一部二十世紀心靈文明墮敗與掙跳，全景幻燈，摺藏隱喻於他翩翩詩句中的整齣《紅樓夢》。

目錄

編輯弁言 7
自序 15

輯一

庖魚及賓 19
朱紱方來 36
白馬翰如 48

巫紛若吉 64
亨于西山 80
翩翩不富 92
十朋之龜 108
賁于丘園 119
麗澤兌樂 134
與爾靡之 147
困于葛藟 158
舍車而徒 170
嚮晦宴息 184

輯二

一飲一啄 211

輯三

亡文學者 249
晚禱 254
媚俗訟 262

自序

總覺得詩意和哲理之類，是零碎的、斷續的、明滅的。多有兩萬七千行的詩劇，峰巒重疊的邏輯著作，歌德、黑格爾寫完了也不言累，予一念及此已累得茫無頭緒。

蒙田勿事體系，尼采戟指架構體系是不誠實——此二說令人莞爾。雖然，誠實亦大難，蓋玩世各有玩法，唯恭，恭甚，庶幾為玩家。吾從恭，澹蕩追琢以至今日，否則又何必要文學。

輯一

庖魚及賓

年月既久，忘了浪漫主義是一場人事，印象中，倒宛如天然自成的精神豔史。當時歐洲的才俊都投身潮流，恐怕只有蕭邦一個，什麼集會也不露面，自管自燃了白燭彈琴製曲。德拉克瓦，與蕭邦交誼甚篤，對於他的畫，蕭邦顧左右而言他；對於同代的音樂家……蕭邦只推崇巴哈和莫札特——後來，音樂史上，若將浪漫派喻作一塔，蕭邦位於頂尖。

有人（好事家兼文學評論家），說杜思妥也夫斯基的小說屬於寫實主義，杜思妥也夫斯基忿然道：「在最高的意義上，可以……我可以承認是個寫實主義者。」——文學史上，若將寫實主義喻作一塔，這樣，也有了頂尖。

深夜閒談，列夫・托爾斯泰欲止又言：「我們到陌生城市，還不是憑幾個建築物的尖頂來識別的麼，後日離開了，記得起的也就只幾個尖頂。」

地圖是平的，歷史是長的，藝術是尖的。

古典建築，外觀上與天地山水盡可能協調，預計日曬雨淋風蝕塵染，將使表面形成更佳效果，直至變為廢墟，猶有供人憑弔的魅力。

現代建築的外觀，純求新感覺，幾年後，七折八扣，愈舊愈難看。決絕的直，剛愎的橫，與自然景色不和諧，總還得聳立在自然之內。論頑固，是自然最頑固，無視自然，要吃虧的。

現代建築執著模型期的時空概念，似乎世界乃一乾爽明淨的辦公室。「大羅佛」增置了透明金字塔，在視覺上，它宿命地只有第一效果，無第二第三層次的效果可期待。它的理想狀況是天天像揭幕剪綵時那樣光鮮。一舊，有一分舊即起一分負面反應。現代建築要拆除是快速的，建築的基本立意是為了盡早拆除？

現代建築成為廢墟後不會令人徘徊流連。近幾年出來的摩登高樓，更明顯地看到建築家手足無措，靠增加折角、靠層層外凸的陽臺來與自然講和，講歸講，自然不肯和哩。

除了建築，其他方面何嘗不是手舞足蹈地落得個無所措手足的結局，極目油油荒荒，葉慈慣稱「大年」（Great Year）之歲云暮矣，知有除夕不知有吉旦的世紀末，自非區區建築物應任其咎。

「現代」，不會成為「廢墟」——貶褒只此一句。

科隆深秋，時近黃昏，雙塔大教堂洪鐘初動，隨著全城的鐘次第應和，澒洞浩瀚，歷時二十分，茫茫平息。

就聽這次為好？每天聽為好？

離科隆已逾三載，雙塔大教堂的鐘聲，恭聞一度是幸，日日敬聆是福。

鐘聲，不屬音樂範疇。當大教堂的巨鐘響起，任何音樂都顯得煩瑣多餘。音樂是人間的，巴哈、莫札特的曲奏全是人間事。從來聞說天國充滿音樂，充滿人間之聲的會是天國嗎？音樂是路，鐘聲是橋，身為精靈者，時而登橋憑眺，時而嬉戲路畔。精靈一躍成天使，一跌成魔鬼，他們調皮在不躍不跌，偶作躍跌狀，逗天使著急魔鬼發笑。然則天國一定是要在那裡的，才有路有橋可言，天使魔鬼也一定是不可缺少的，才顯得精靈的調皮大有餘地。

祖師西來意旨如何
「子解得糯團麼」——岩頭
祖師西來意旨如何
「取皂角作浣衣狀」——玄泉
祖師西來意旨如何
「庭前柏樹子」——趙州
祖師西來意旨如何
「聞得簷雨滴聲嗎」（滴雨）——葉縣青
祖師西來意旨如何
「街頭東畔底」——法華

祖師西來意旨如何

「西來無意」——大梅

祖師西來意旨如何

「這麼長的，那麼短的」（指竹）——翠微

……

如何是達摩西來意

「了此意」

（「來」即「意」，「一華五葉」即「此」。

衣鉢傳而底事無傳，達摩西來，不了，了之）

尼采在最後十年中，亦未有一句粗話髒話——使所有的無神論者同聲感謝上帝。一個人，清純到潛意識內也沒渣滓，耶穌並非獨生子。

高明的父，總是暗暗鍾悅逆子的；高明的兄，總是偏袒桀驁不馴的乃弟。莎士比亞至今沒有妹妹，耶穌已經有過弟弟，最愛耶穌的正是他。

那是一片出不了尼采至多出個張采的老大瘠土。借禪門俗語來說，金聖歎、徐文長，允是出格凡人。李、莊二子，某幾位魏晉高士，堪稱「尼采哲學存在於尼采之前」的東方史證，所以，沒有意思得頗有意思，就中國言，尼采哲學死於尼采誕生之前。

「書法」，只在古中國自成一大藝術，天才輩出，用功到了不近人情，所以造詣高深得超凡入聖神祕莫測。「書法」的黃金時代過去一個，又過去一個，終於過完。日本的書法，婢作夫人，總不如真。中國當代的書法，婢婢交譽，不知有夫人。

「欲往芳野行腳，希惠借銀五錢，容當奉還，唯老夫之事，亦殊難說耳。」略近晉人雜帖，畢竟不如。日本俳師芭蕉小有可人處。

俄國人中也有寫信的好手：

「艙內流星紛飛，是有光的甲蟲，電氣似的。白晝野羊泅過黑龍江。這裡的蒼蠅很大。我和一個契丹人同艙，叫宋路理，他屢說在契丹為一點小事就要頭落地。昨夜他吸鴉片多了，只是夢囈，我不能入眠。輪船播動，不好寫字。明天將到伯力，現在契丹人在吟他扇上的詩。」

契訶夫寄妹書，不過在迻譯間，篩了篩。俄文似乎天生是累贅的。

愚蠢的老者厭惡青年，狡黠的老者妒恨青年，仁智的老者羨慕青年，且想：自己年輕時也曾使老輩們羨慕嗎，為何當初一點沒有感覺到？現在，他與青年們實際周旋時，不能不把羨慕之情悄然掩去，才明白從前的老輩也用了這一手。然而即使老者很透徹地坦呈了對年輕人的羨慕，年輕人也總是毫不在乎，什麼感覺也沒有。

陽臺晚眺，兩個青年遠遠走來，步姿各樣而都顯得非常快樂，波多黎各，好像是，是波多黎各人，那腿那手臂的韻律純粹是快樂，快樂的脖子快樂的腰，走過陽臺底下，仰面唿哨道聲晚安，醜陋嫵媚之極，怎會這樣快樂，怎會這樣快樂的呢？齊克果看了又得舉槍自殺一次。

背德的行為，通常以損害別人的性質來作判斷，而忽視其在損害別人之前先已損害了自己，在損害別人之後又繼續損害著自己。

司馬遷認為每隔「五百歲」必有什麼什麼的，到底不過是浪漫的穿鑿。姬昌與孔丘的精神上的瓜葛，論作孔丘這方面一廂情願也可以。而到得《史記》，事情和問題都雜了大了，司馬遷的一廂情願就更顯得牽強。之後呢，五百歲……五百歲……沒什麼，什麼也沒，所以再回過去體味〈太史公自序〉開篇的幾句壯語，覺得等於在絕叫。

理想主義，是表示耐性較好的意思。然而深夜裡，我聽到過的絕叫，都是從理想主義者的床頭傳來的，明月在天，大江東去，一聲聲的絕叫，聽慣了就不太淒慘。

《春秋》、《史記》，並沒曾別嫌疑、明是非、定猶豫——那是由於：禮，不能節人；樂，何嘗發和；書，未足道事；詩，豈在乎達意；易，更難普遍道化。萬象流傳，毫釐是必失的，所以千里必差。

（避開以上云云的故實，自悅於頑皮的想法，以致成為說法，「五百年有一讀者來」，可不是嗎，現在輪到我作讀者。）

古典主義，是後人說的。
浪漫主義，是自己說的。
唯美主義，其實是一種隱私，叫出來就失態，唯美主義傷在不懂得美。
象徵主義，也不必明言，否則成了謎底在前謎面在後。
現實主義，笨嘴說俏皮話，皮而不俏。
意象主義，太太，意象算啥主義，是意象派吧。

超現實主義，這樣地能超，超掉「主義」行不行呢。

早年，偶見諾伐利斯的畫像，心中一閃：此卿頗有意趣。之後，我沒有閱讀諾伐利斯的作品的機會。近幾年時常在別人的文章中邂逅諾伐利斯的片言隻語，果然可念可誦——諾伐利斯的臉相，薄命、短壽，也難說是俊秀，不知怎地一見就明白有我說不明白的某種因緣在。

畢卡索和布拉克同時製作抽象立體主義——明明塞尚，從塞尚來，點、線、面、體、曲、直、明、暗……塞尚恍然，畢卡索、布拉克大悟。

維拉茲克斯的畫，多數是做事，做了一件，又做一件。少數是藝術，創造了不可更替的偉大藝術。

（有人是純乎創造藝術的，要他做事，他做著做著做成藝術）

維拉茲克斯做事很能幹，藝術創造得好，而不會把事做成藝術。事又做得太多，累壞了身子，難免也累壞藝術。如果不善保身，還是欠明哲。維拉茲克斯和笛卡兒都把自己看低，以為低於皇室皇族，所以殉的不是道。累倒，折磨盡了，雖不說英年早逝，死的性質應屬夭折。如果真的殉於道而非殉於皇家，他們的天年倒是長著哩。

如果「頓悟」不置於「漸悟」中，頓悟之後恐有頓迷來。

當愚人來找你商量事體，你別費精神——他早就定了主意的。

人體的特異功能不是智慧。巫術與藝術正相反。怪癖並非天才的表徵。在怪癖巫術特異功能備受矚目的時代，便知那是天才藝術智慧的大荒年。

音樂神童、數學神童……從來沒有哲學神童。思維是後天的，非遺傳，非本能。思維不具生物基礎，思維是逆自然的，反宇宙的。

杜思妥也夫斯基嗜賭，其實更嚴重的是嗜人，他的小說中人人人人，從不願費筆墨於自然景象，偶涉街道房屋，也匆匆然趕緊折入人事中去。他在文稿上畫人，人的臉，臉的眼睛。

他在文學上嗜人，實際生活中並不嗜人——所以偉大。

文學上的人真有味，生活中的人極乏味。這樣不好，不這樣就更不好。

人家總在乎誰在台上演，演得如何。我卻注意台下是些什麼人，為這些人，值不值得演——因此我始終難成為演員。

無論由誰看，都願上台演——我不作這樣的演員的看客。

無論由誰演，都願在台下看——我不會對這樣的觀眾演出。

找到了我願意看的演員，而找不到與我同看的人，觀眾席空著，所以那位演員不登台，所以我又成不了他的看客。

這便是我的有神論及我的無神論兩者之間的酸楚關係。

藝術家在製作藝術品的進程中，清明地昏暈，自主地失控，勻靜地急喘，熟審的陌生境界層層啟展……所以面對藝術家，哲學家只有感慨的份，即使是藝術秉賦極高的尼采，也要為哲學氣質甚重的貝多芬而惆悵太息得似乎不能自持了。然而尼采也並非容易敗落的，唯有他看出貝多芬的人倫觀念還涉嫌道德上的滯礙，使靈智的意緒受到抑窒，這位自稱酒神的音樂家本身沒有大醉狂醉，尚不足為尼采理想中的音樂家——從旁說來，哲學家還是有面子，當然只指尼采，指不到別人。

在愛的歷程上，他每以鋼琴家自許，多次幸遇優質鍵盤，撫弄再三，當他起身離開，它們都從此絕響、塵封。人們是不知彼等的珍貴，即使彼等自己，亦難解那一段時日（噢，四季的夜晚）何以有如許神妙的樂音——愛的演奏家，垂垂老去，回顧前塵，傷懷之餘忽然忍俊不住道：寧願是鋼琴演奏鋼琴家呵。

哲學營構迷宮，到現代後現代，工程的繼續是拆除所有的樓臺館閣，局外人看來覺得一片忙碌場景很壯觀。

哲學的廢墟，夕陽照著也不起景觀。個別的人死了會有「歿後思」，使生者想起死者的某些好處來。哲學作為群體看，無所謂好處，所以不值得憑弔。

哲學生涯原是夢，醒後若有所思者，此身已非哲學家，尚剩一份幽微的體香，如蘭似檀，理念之餘馨，一種良性的活該。

朱紱方來

唐代的馬克白夫人

《唐國史補》原名《國史補》，取史氏或闕則補之意，唐李肇為續劉餗的《傳記》而作，共三百零八條，所述皆開元至長慶百餘年間的軼事瑣聞，悠謬之說極少，質錄之筆實多，中有一則〈故囚報李勉〉，略云：

「……李汧公勉為開封尉，鞫獄，獄有意氣者，感勉求生，勉縱而逸之。后數歲，勉罷秩，客游河北，偶見故囚，故囚喜，迎歸厚待之，告其妻曰：『此活我者，何以報德？』妻曰：『償縑千匹可乎？』曰：『未也。』妻曰：『二千匹可乎？』亦曰：『未也。』妻曰：『若此，不如殺之。』……」

故事的後半姑置不論，但看：

「此活我者，何以報德？」

「償縑千匹可乎？」

「未也。」

「二千匹可乎？」

「未也。」

「若此，不如殺之。」

這幾句對白，實在是夠莎士比亞水準，按表現婦人心理的深度而言，質之司湯達爾、杜思妥也夫斯基亦必驚歎不已。

我在餐廳中開了一槍

時間：一九七九年

地點：上海

人物：甲（中年）、乙（青年）、我（不詳）

場景：小型餐廳

（當我行將吃完時，甲乙進來，坐於旁邊的桌位）

甲：「……你年紀輕，講究衣著，我是隨隨便便，不在乎了，唉，衣著講究，總歸是兩個意思，一個，要漂亮，一個，表示自己有錢。」

乙：「我又不好算講究。」

甲：「還不講究？要人家說你漂亮、有錢，世界上但凡講究穿著的，只不過是這兩個目的。」

我已食畢，取出紙巾抹了抹嘴：

「再有第三個——自尊。」

（至今猶記得此二人聞聲轉首注視的眼神，中年者發愣，落了下風，無法接口。青年者驚喜，得救了似的期待我再說下去——我起身慢慢走出餐廳。）

不以詩名而善詩者

湯國梨女史，浙江桐鄉烏鎮人，家世清華，風儀端凝。予幼時忝為鄰里，每聞母姑輩頌譽湯夫人懿範淑德，而傳詠其閨閣詞章，以為覃思雋語，一時無雙，予雖冥頑，耳熟心篆，於今憶誦猶歷歷如昨，試錄二律如後：

與皇甫仲生談輪迴有感

為人已多事，有鬼更難休。
縱免沙蟲劫，能無猿鶴愁。
塵緣如何了，慧業不須修。
話到輪迴時，愴然涕泗流。

今自反之更得一律

休道輪迴苦，人生實賴之。
世情常有憾，天道願無私。
因果苦不爽，盛衰莫費辭。
何為求解脫，我佛亦頑癡。

中國近百年來女詩人儔，若論神智器識，竊以為未見有出湯夫人之右者。迄於現代後現代云云，則無分坤乾，益興代不如代之歎。中華，古者詩之大國，誥謨、詔策、奏章、簡札、契約、判款、酒令、謎語、醫訣、藥方，莫不孜孜詞藻韻節，嫠婦善哭，獄卒能吟，旗亭粉壁，青樓紅箋，皆揮袂風雲，咳唾珠玉——猗歟偉歟，盛世難再，神州大地已不知詩為何物矣。

誰更近乎自然

富人比窮人有錢，窮人比富人近乎自然，例如虎豹，一生就只一張皮，魚呀，花呀，都是窮的，孔雀亦是窮的，蜜蜂、螞蟻算得最知囤積的了，也有限，因為牠們不事商業。

大致與孟德斯鳩的「人在悲哀之中，才像個人」的這一說法相似，人在貧窮之中，方始有點點像個人，而這「悲哀」、這「貧窮」都要先作界定：「悲哀」，不是痛苦欲絕，「貧窮」，並非衣食住行發生致命的磨難。

痛苦欲絕的悲哀是不自然的，艱於維生的貧窮是不自然的——整個自然界是漠漠茫茫的悲哀和貧窮，人，若求其為「自然之子」，就得保持適度的悲哀，適度的貧窮，而這等於在說，要先從痛苦艱難中擺脫出來，然後才好談那種使人差強像個人的漠漠的什麼，茫茫的什麼。

限於墓誌銘規格

葉慈的一生，適值「為藝術而藝術」、「為人生而藝術」兩種思潮交錯交鋒交替的騷亂時期，艾略特在追悼葉慈的演說中故作驚訝道：「……他竟能在兩者之間獨持一項絕非折衷的正確觀點。」本該就「絕非折衷」這個性質大加發揮，可惜接著艾略特戛然落軸：「藝術家，果其竭誠於精神勞作，自必為全世界盡力了。」——這樣當然也算是籠統的解答，但到底只限於墓誌銘規格。半個世紀之後的今日，曾由葉慈執著的那個「觀點」仍然是卓越的，它的「絕非折衷」的性質淺顯易明而深奧難言——葉慈知之，艾略特知之，某亦知之。

路遇亞里斯多德

拉斐爾畫的柏拉圖和亞里斯多德，都不像他倆本人，畫柏拉圖是以達文西為模特兒的，畫亞里斯多德不知參照了誰，雄媚軒昂，好一副男性氣概……此係拉斐爾的私事，著毋庸議。

這時有一瘦高個兒施施行來，兩腿細長，頭髮剪成流行的短式，指上戴著鑲寶石的金環，儼然富家子弟的氣派，歲數不大而額面紋路三橫，鼻翼和嘴角邊皺痕下垂，似乎是長期的胃病患者。

當我知道這便是亞里斯多德時，不覺得奇怪，為什麼不覺得奇怪呢，那是很奇怪的。

亞里斯多德認為大自然從不徒勞。

我認為在細節上大自然看起來是不徒勞——大自然整個徒勞。

碰壁是快樂的

亞里斯多德開始討論，臉色凝重：

為什麼牛有角呢？
因為牠們的牙齒不夠好（本該用來製牙的質料便製了角）。
為什麼牠們的牙齒不夠好呢？
因為牠們有四個胃（可以不經細嚼就將食物消化）。
為什麼牠們有四個胃呢？
因為牠們是反芻動物。
為什麼牛是反芻動物呢？
因為，因為……因為牠們是牛。
此時，不知亞里斯多德是否快樂，我是快樂的。
哲學家的終局：碰壁。
我非壁，若然，樂不可支而永支之。

航海家有所不知

單人駕駛帆船，環繞世界一周，耗時兩百七十八天，沒有靠港停泊，只在第二百天時，於澳洲西南沿海，接收新鮮蔬菜及零件等補給品。

帆船通過赤道時，自開香檳慶祝。

噢印度洋，每秒二十公尺的強風，巨浪高如城牆，連續幾天才平靜，噢伸手不見五指的黑夜，也有亮夜（不是白夜，亦無月光），滿天星斗亮得甲板上可以讀書。最美的是什麼，最恐怖的是什麼——突然出現冰山，一點預兆也沒有，崔巍晶峰，劈面而至，這明明是死——我活下來了。

此乃一個日本人的真實手記。

矯情絕世，特立獨行，都是在為別人做事，閱此手記後，免我去航海。

白馬翰如

任何理想主義，都帶有傷感情調。

所有的藝術，所已有的藝術，不是幾乎都浪漫，是都浪漫，都是浪漫的，這泛浪漫，泛及一切藝術。當我自身的浪漫消除殆盡，想找些不浪漫的藝術來品賞，卻四顧茫然，所有的藝術竟是全都浪漫，而誰也未曾發現這樣一件可怕的大事。

傲慢是天然的，謙遜只在人工。

上帝不擲骰子，大自然從來不說一句俏皮話。人，徒勞於自己賭自己，自己狎弄自己。

往常是「小人之交甜如蜜，君子之交淡似水」，這也還像個話，甜得不太荒唐，淡得不太寂寞。後來慢慢地很快就不像話了，那便是小人之交甜搶蜜，君子之交淡無水，小人為了搶蜜而撲殺，君子固淡，不晤面不寫信不通電話，淡到見底，乾涸無水。

每見著名文人，因評畫而猝然暴露其無知、無識——「文」「畫」同源，故彼雖以文著名，大抵曲文阿世，世亦阿之而已。

A：「我看，你對人類世界，總歸還是熱情的。」

B：「熱過了的一點點情。」

戲劇家、小說家之所以偉大，是他們洞察人心，而且巧妙地刻劃出來——這「人心」，到二十世紀中葉就變了，哦，不是變，是消失了。從前的「人心」被分為「好」「壞」兩方面，嚷嚷好的那面逐漸萎縮，壞的那面迅速擴張，其實並非如此，而是好的壞的都在消失，「人心」在消失，從前的戲劇和小說將會看不懂。

不時瞥見中國的畫家作家，提著大大小小的竹籃，到歐洲打水去了。

最佳景觀：難得有一位渺小的偉人，在骯髒的世界上，乾淨地活了幾十年。

哲學家，言多必失，失多必謬。

就「生」而言，「死」是醜的，活著的人不配議論「死」的美。

梵樂希的名句：

「你終於閃耀著了麼
我旅途的終點」

這是詩，是藝術，而人生的實際是什麼都不閃耀，乃為終點。

梵樂希亦不例外。

美國老太太，吹著口哨散步，我遇見過不止一次。轉念中國，幾千年也不會有此等事，種族的差異，可驚歎的宿命。

到後來，音樂上有許多結構許多效果，是外在的戲劇性的羼雜，膨脹起來就使音樂被擠出可能範疇之外。浪漫樂派拓展精神領域的封疆誠然是功勳彪炳，卻常會這樣鼓聲隆隆號聲嘩嘩地衝過了頭，所以後來又回到巴哈，回到內在結構、本體效應。

莫札特真純粹呀，在巴哈之後同樣可以滔滔不絕於音樂自身的泉源。蕭邦是浪漫樂派的臨界之塔，遠遠望去以為它位據中心，其實唯獨蕭邦不作非音樂的冶遊，不貪無當之大的主題。他的愛巴哈、愛莫札特，意思是：愛音樂的人只愛音樂，其他以音樂的名義而存在的東西，要把它們與音樂分開，分開了才好愛音樂。

我在童年、少年、青年這樣長的歲月中，因為崇敬音樂，愛屋及烏，忍受種種以音樂的名義而存在的東西，煩躁不安，以至中年，方始有點明白自己是枉屈了，便開始苛刻於擇「屋」，凡「烏」多者，悄悄而過，再往「烏」少的「屋」走近去……

另外，在人情上，愛屋及烏，後來弄到烏大於屋，只好屋也不愛烏也不愛——這樣，變得精乖起來，要找便找無烏之屋，就是這樣，才明白世上沒有烏的屋已經不可能再遇見了。

眼看一個個有志青年，熟門熟路地墮落了，許多「個人」加起來，便是「時代」。

有時我會覺得巴爾札克是彩色的杜思妥也夫斯基，杜思妥也夫斯基是黑白的巴爾札克。

評定一個美子，無論是男是女，最後還得經過兩關：

一、笑。

二、進食。

惟有軃然露齒，魅力四射。吃起東西來分外好看者，才是真正的尤物。

「……那個希伯來人，死得太早，他的早死，對於以後的許多人是致命的不幸。」

「為什麼他不留在沙漠裡，遠避那些善良者正直者，也許他能學會如何活，如何愛，如何笑。」

「他死得太早，如果活到我這樣的年紀，他會撤銷自己的學說，他的高貴會使他撤銷自己的學說。」

「他還沒有成熟，這青年人的愛是不成熟的，所以他也不成熟地恨人類與大地，他的精神之翼還是被束縛著。」

「……如果肯定的時期已過，他便是一個否定者。」

尼采以查拉圖斯特拉的名義，對耶穌作如是判斷。

查拉圖斯特拉也不及成熟，尼采病得太早太重，雖然他知道「一個成熟了的男子較一個青年更孩子氣些」，無奈尼采就是不夠孩子氣，這位沒有喝過酒的酒神——未臻成熟的哲學家，即使活到六、七十歲，還應嗟悼為英年早逝。

如果並非「真理並非不可能」，那麼哲學家個個都是好事家，而已。

自尊，實在是看得起別人的意思。

而在宇宙中，人的「自尊」無著落。人，只能執著「自尊」的一念。此一念，謂之生，此一念，謂之死。

米蘭・昆德拉以為歐羅巴有一顆長在母體之外的心臟。

有嗎，我找遍現代的整個歐羅巴，只見腎臟遷移在心臟的位置上。

猶太諺語：「人類一思索，上帝就發笑。」

上帝一思索，人類也發笑。

甏厭體系，免事體系，那是體系性特強者的操守，後來也就只葆風儀，不留楷範。

袋是假的，袋裡的東西是真的——曹雪芹用的是這個方法。紅學家們左說右說橫說豎說，無非在說袋是真的！袋是真的？當他們認為袋是真的時，袋裡的東西都是假的了。

即使是聰明絕頂的人，也不可長期與蠢貨廝混，否則又多了一票蠢貨。

各有各的音，各有各的知音。甲與乙鬥，丙支持甲，丁支持乙。

後來甲乙議和，第一條款：誅丙、丁。

培根言也善：「學問變化氣質。」學問可以使氣質轉好，好上加好。成不了格言的是「學問惡化氣質」，但此種實例是明擺著的，氣質本來不良，學問一步步惡化氣質，終於十分壞了，再要扳回到九分壞也不行，因為彼已十分有學問。

把小說作哲學讀，哲學呢，作小說讀——否則沒有哲學沒有小說可讀了。

中國人喜歡聽琅琅上口的話，喜歡說琅琅上口的話，聰明的皇帝就不斷想出些琅琅來讓百姓上口，某時期琅琅的東西不多，無疑是某皇帝不太聰明，百姓也不大開心，接著有人把不太聰明的皇帝擠掉，自己做皇帝，當然是比較聰明的，琅琅的東西又多起來，於是就這樣琅琅地糊塗下去琅琅琅琅地沒落下去。

哦，人文關懷，已是鄰家飄來的陣陣焦鍋味。

有口蜜腹劍者，但也有口劍腹蜜者。

向來不聆中國男女歌星的聲音。此其一。

愛情，「愛情是什麼」，在長久淡漠中糊塗了。此其二。

最近在別人家裡，聽到鄰居大力播送上述歌星們的歌，唱了好久，我頓悟——愛情，「愛情是什麼」，是：與歌星們唱的東西相反，正好相反。

與中國男女歌星唱的正好相反的東西便是愛情。

快樂無過於看托爾斯泰上當。

上了蕭邦的當，聽「蕭邦」聽得老淚縱橫，轉過頭去罵道：「畜牲。」

上一次當，使人聰明一點，一點是不夠的，托爾斯泰又上當了——讀「尼采」，讀得忘了世上還有個列夫・托爾斯泰，好容易慢慢醒來，細細回味，天哪天哪，該死的，多麼野蠻。

但幾乎沒有誰能比托爾斯泰更清楚地看出一切「運動」和「團體」的人們有著複雜的企圖，這些企圖與公開表示出來的宗旨並不一致，甚或相反。

小聰明可以積合大聰明再提升為智慧嗎——並非如此，決不如此，從來沒見如此。

「小聰明」的宿命特徵是：無視大聰明，仇視智慧。

凡「小聰明」，必以小聰明始以小聰明終。

妙的是真有「小聰明」這樣一個類族，遇事伶俐過人，動輒如魚得水，差不多總是中等身材，不瘦不肥，面孔相當標緻，招女婿、乾女兒的料，如果無機會作祟，倒也花鳥視之，看在眼裡不記在心裡，可是「小聰明」之流總歸要誤事壞事敗事，只宜敬「小聰明」而遠之，然後，又遠之。

老好人，濫好人，處處徇人之意，成人之美，真要他襄一善舉、積一功德時，他笑嘻嘻地挨到角落裡，轉眼影兒也不見了。

那些飛揚跋扈的年輕人，多半是以生命力渾充才華。

葉慈，葉慈們，一直璀璨到晚年，晚之又晚，猶能以才華接替生命力。

海德格是存心到時候作一個窩，大窩，大得可以把上帝放進去。尼采是飄泊者，「海呵海呵海呵」，飛到跌在海裡為止。

思想家分兩型：信仰型，懷疑型。

思想家，多餘的人。

如果思想家不知自己是「多餘的人」，還算什麼思想家。

「……我是一個凡人，常常失去自制力，有時（更確切說是永遠）不能把我想到的和感覺到的恰當地說出來——並非我不欲這樣做，而是我常常言過其實，或者簡直就是不加考慮地脫口而出。」

一八九二年，列夫・托爾斯泰伯爵在給朋友的信上寫了這些話——未免言過其實，似乎是不加考慮地脫口而出。

S：你的青春太長了，不好。

M：有說乎？

S：心靈是主體，青春是客體，如將主體客體說作主人客人，那麼，去了、再來的客人是可喜的，賴著不走的客人是可厭的。

M：美麗的比喻！

S：不，心靈這位主人是好客的，它要相繼接待很多客人，如果青春這位客人賴著不走，別的客人就不來了。

巫紛若吉

假驕傲

古詩人驕傲，是假驕傲，什麼是真，其謙遜，真。

唐代・現代

唐代能解白居易詩的老嫗，如落在現代中國大陸，便是街道居民委員會主任，專事監督管制白居易之類的知識份子的。

可耐與不可耐

有可耐之俗，有不可耐之俗，可耐而不能耐，迂矣，不可耐而耐之，殆矣。

我的愛情觀

愛情，人性的無數可能中的一小種可能。

一與十

湖南文人楊鈞，於十九世紀末說過：「無恥之人，不在作畫者而在買畫者。」作畫者一也，買畫者十也，苟乏人買，畫者哪得無恥，雖然，無無恥之畫，買者亦無以買，故要之則在於作者一也，買者十也，一之無恥小而十之無恥大矣。

陶潛等等

陶潛詩文如此高妙，本人知否，知。大藝術家的起點和最後一著，都是「自覺」，唯自覺才能登峰造極。再有才華功力而欠自覺者，終究滯於二流。然而過份地自覺又會使一流跌入二流；因為，過份的自覺，是不自覺。

致紀德

智者，乃是對一切都發生訝異而不大驚小怪的人。

希臘・我

最高的不是神，是命運。神也受命運支配——古希臘人如是解，余亦如是解。命運無公理，無正義，無目的，故對之不可思，遇之不能避。

「命運」的最終詮釋：無所謂命運——在此命題上，希臘人沒收穫，余亦沒收穫。

致芥川

有時，人生真不如一句陶淵明。

厚黑傳人

半個世紀前，國人有李宗吾者，架構一門《厚黑學》（皮厚心黑之至論也），書中的這樣幾句，墨瀋未乾似的：

「法國革命，是在政治上要求人權，我們改革經濟制度，則注意生存權。」

當今以「生存權」替代「人權」的偷換概念的老手們，固厚黑有加矣。

特別常識

藝術家是憑自己的藝術來教育自己成為藝術家的。

（這一句的前面應有許多話，後面也該有許許多多話，但都可以省略，但，為什麼都可以省略。）

我病態

我把最大的求知欲、好奇心、審美力，都耗在「人」的身上，顛沛流離，莫知所終。

內髒

俗，是一種髒，內髒。每有俗子挾潔癖以凌人，內髒外厲也。

上進心

就功利性而言的「上進心」，猶不足貴：從道德觀來看「上進心」，則凡匱乏上進心者，原來都是無恥之徒。

色欲的模式

屢見有人以色欲的模式來對待食欲，來對待權力欲，乃至以色欲的模式來對待宗教信仰欲，如是，則佛洛伊德云云，小焉者歟。

這小子

米蘭・昆德拉反「媚俗」，某小子聽人談起，便叫道：「昆德拉，他有什麼資格反媚俗？」——這小子哪兒來的資格不讓昆德拉反媚俗。

歡送

一個人（友人），決心墮落，任你怎樣規勸勉勵，都無用，愈說，他愈火，愈恨你——這樣的故事，所遇既多，之後，凡見人（友人）決心墮落，便歡送……

所謂無底深淵，下去，也是前程萬里。

吾愛耶穌

一千年，他不來，兩千年，當然也不來，不來才是，來了就不是角色了。

無庸議

可憐評論家，凡上善者，都是拒絕解釋的。

倒

有時，不免氣咻咻地想，人類的歷史進程，倒過來，才文明。

哥兒們

甲說：「我和乙，是『哥兒們』，就是假如我殘廢了，他會養我一輩子。」

假如乙殘廢了，甲會養他一輩子嗎——我想，沒問。

致巴斯卡

您的《沉思錄》，開始，我是逐節讀，後來，凡涉及上帝的，我像傍晚放學回家的小孩，陣雨乍歇，跳過一汪又一汪的水潭……

無情的抒情

愚民政策，造成移民對策，苦於被愚，紛紛移了算了。
清明時節的雨呀，路上移民的魂哪。

歸元

以其品格，作其文學的體系的那一類文學家，才可觀。藝術家、哲學家，豈有不在此例哉。

再致芥川

（即使基督教滅亡，基督的一生永遠叫我們感念——芥川龍之介。）

由於誤解而就基督者，此時走開了，理悟而愛基督者，得以更貼近耶穌，如香膏之在發，在足，在棘冠，在傷痕。

十架代表個人的極致的美，然後，再象徵救贖，意思是嘗試救贖。

「成了」，是：我終於完成了我的失敗。

春寒

陣陣大風迎面颳來，把我僅有的一點隱私也颳光了。

失傳

慈與孝，一對很好的可以日常滿足的自私，無奈連這樣方便的自私也不耐煩，失傳了。

禍福論

慕尼黑每月都有幾個喜慶日子，可見慕尼黑曾經多災多難。

屍床上的奶瓶

一個又一個「主義」、「體系」、「學派」，全靠自信自奉的「真理」來鋪陳架構。主義、體系、學派之間的爭論，各執各的「真理」，攻亦藉此，守亦藉此。如果「真理不可能」，那麼舉凡主義、體系、學派霎時紛紛倒塌，一路的思想廢墟，精神瓦礫場，即使西風殘照，也不成其為陵闕。

懷疑主義者大抵並非否定真理之存在與可求，只是以為存在得距離太遠，可求的難度太高。而悲觀主義者至少自詡他們的哲學是「真理」，甚或就是終極真理了。

無神論，無真理論，是「死地」，人類精神欲謀「生」，只有置之這樣的「死地」，才有望而後生。

有神論，有真理論正不知還要經過多少世代的苟且因循，也許就這樣下去，下去了，永無膽識直入「死地」，甩不掉「神」和「真理」的奶瓶，人類枉有所謂「精神」，人類精神在幼稚階段中自取滅亡。

再說一遍

十九世紀所期望的，可不是二十世紀這樣子的。

亨于西山

「你沒有必要離開屋子。待在桌邊聽著就行。甚至聽也不必聽，等著就行；甚至等也不必等，只要保持沉默和孤獨就行。大千世界會主動走來，由你揭去面具。它是非這樣不可的。它會在你面前狂喜地扭擺。」

「康樂平生追壯觀，未知席上極滄洲。」

卡夫卡的說法豐富透闢，米芾的吟哦簡練痛快。

諸大先哲，皆以其悖謬，為後來的思想者留下大片餘地，明的餘地之外，暗的餘地更多，更非先哲們所夢想得到的。「霍拉旭呵，天地間的事物……」哈姆雷特身邊總得有一個霍拉旭，到現代，哈姆雷特固少，霍拉旭少之尤少。

「小聰明」是長不大的。

個人與人類的關係，通常是意味著的關係。藝術家尤其自以為與人類意味著什麼關係，意味消淡時，藝術家就受不了，而另一些藝術家反而感到，唯其消淡，更加意深味長——前者是家禽型，後者是野鳥型。

少小時，聽父輩敘談，每涉什麼「愚而詐」、「歿後思」、

「小取」等等語彙，似懂非懂，我自身尚無閱歷經驗，只是那「愚而詐」，似乎煞有介事，然則到底也不求其解，聽過就忘了。

其解又如何呢：

一、唯其愚，故只能用詐來謀利益。
二、愚相、愚言，是行詐的本錢。
三、見愚人來，不戒備，被詐去了。
四、百事愚而一事詐，其詐必售。
五、受了愚人之詐，還以為他是好心辦壞事。
六、詐者以愚著名，故能愚及詐及。
七、愚者亦有苦悶，每逞一詐，樂不可支，於是樂詐不疲。
八、愚者平時少作為，忽有機會施詐，便悉心以赴。
九、世無純愚者，所謂愚者也具一分智力，此智力用在正道上收效不彰，用在邪道上倒事半功倍。

十、無數次「詐」的總和，還是「愚」。

總此十解，猶不足言甚解，蓋智者往往不敗於智者之詐而敗於愚者之詐，乃知愚者勿可輕也，且愚人多半是福人——君子遠福人。

新逮到野馬，馴師拍拍牠的汗頸：

「你要入世呀！」

他說：我已經告訴大家我要墮落了，怎好意思就這樣上進起來呢。

一個清早，但丁醒來，敲了七下鐘，天色漸明，史學家把這叫做「文藝復興」。很多年後，但丁又醒來，敲了七下鐘，黑暗……仍然黑暗，有人勸但丁再敲，但丁說：我沒錯，如果敲第八下，倒是我錯了。

達文西的公式「知與愛永成正比」，似乎缺了一項什麼，尋思之下，其「知」其「愛」已飽含了「德」。

「我小時候，有一天傍晚坐在樓梯口睡著了，忽然覺得被人抱起來，一級一級上去，迷糊中知道是爸爸，他的胸脯暖暖貼著我，菸草的氣味，鼻息吹動我的頭髮，可惜樓梯走完，進房放在床上，脫鞋蓋毯，我假裝睡，又睡著了。下一天傍晚，估計爸爸即將到家，我便坐到老地方去，閉上眼，一動不動……

『這孩子真糊塗，怎麼又睡著了？』

小人被大人用指節骨擊在頭上，叫做『吃火爆栗子』——我的悲觀主義大概是從那時候開始的。」

我說：「沒什麼，你爸爸缺乏想像力。」

歷史、時代的進展，既非周而復始的輪迴，亦非螺旋形上升，十三世紀至十六世紀，歐洲天災不斷，瘟疫流行，怪誰呢，一切都歸罪於長得美貌的女孩，燒死她，淹死她，魔鬼，女巫，妖精……二十世紀，她們是時裝模特兒，每天沒有五千美金的報酬是不起床的。

偷懶絕招之一：

教育家認為應靠宗教信仰來提高道德素質。

之二：

經濟學家主張由慈善事業以解決民生問題。

野生的，貴族的，玩世甚恭的野生貴族——確鑿見過幾個，就只幾個。

不管你以為與卡夫卡多相熟，他總有點曖昧。

「是有罪心理產生了他的藝術？還是藝術產生了有罪心理？」

喬伊斯・卡羅爾・奧茨這一問就問傻了自己。

有罪心理醞釀了卡夫卡的藝術。藝術醱酷了他的有罪心理。

聽到普希金對貢思當的《阿道爾夫》的讚賞，我又快樂了半天。

海涅是第一個道出希臘的神與基督教義的衝突（真奇怪竟有那樣長的年月兩者相安無事），後來，許多作家紛紛議論這個問題，詳審、該博。海涅沖謙地表示了他曾以一己之頓悟，啟迪了別人，他也不忘添上一句：「他們都沒提這位領頭者的姓名。」

有些事，就這樣自己不啼，鴉雀無聲，所以還是麻煩自己啼一聲的好，讓人家便宜，莫讓人家便宜太多。

人性，忽然對「人性」茫無所知。

在西方，下雨了，行人帶傘的便撐傘，無傘的照常地走，沒見有聳肩縮脖子的狼狽相。

在西方，道途兩車相撞，雙方出車，看清情況，打電話，警察來公斷處理（從出事起到警察到達之前，雙方不說一句話）。

僅此二則，立地可做的事，在中國，一百年後也未必能做得到。

甲為了乙的安全，勸告乙：

「你的那幾個親密者，看來都不一定是君子，倒有點近乎小人，可能將會禍害你。」

乙（大聲）：「你有什麼根據？」

沒多久，禍害迭起，幾乎弄得乙家破人亡。

乙對甲的預見和判斷，一點也不佩服，乙佩服是那些禍害他的人，用心之險、手段之辣、意志之強，非要乙吃虧上當不可，乙向甲談到這些時，眉飛色舞，佩服極了。

於宗教，取其情操。於哲學，取其風度，有情操的宗教，有風度的哲學，自來是不多的，愈到近代，那種情操那種風度，愈浮薄愈衰覃，只有在非宗教非哲學的藝術中，還可邂逅一些貞烈而灑脫的襟懷和姿態。

不必諱言藝術曾附麗於宗教，藝術也曾受誨於哲學，而今宗教、哲學都老了，還是藝術來開門，攙扶宗教、哲學進屋裡避避風雨、喝杯熱咖啡，天氣實在太壞。宗教、哲學、藝術，都不快樂，靠回憶往事來過日子總不是滋味。

「毋友不如己者」，毋友太不如己者吧。

近年來與童明先生不晤而談「尼采」，多半可說是關於這一精神血統的人物誌的演義，我自來海外，亦屢有發現，漸漸心也靜了，反正這一精神血統的苗裔沒有斷絕。童明卻繼續尋訪，真會繼續發現，電話中奔走相告，若賀慶節，我們這種窺人隱私似的行徑，幸虧是宏偉陽剛的對象，故亦顯得磊落無愧恧。尼采之後的尼采消息既如上述，尼采之前的尼采是東方先於西方出現的。童明說：「西方悲劇精神慣以黑作徽章，宣示、詠歎，都意味著黑，東方好像不講黑，講恬淡空靈。」我說：「也講黑，玄，就是黑，不過中國哲學是知黑守白，企望最終形成透明，雖然道家禪家都未能抵達這個頂點，而取向和趨勢無疑是童貞透明（童明一笑）——尼采的『三變』，三種境界，東方西方能參入成事者都止於一變二變，那第三變（第三境界），至今猶為東西方的共同嚮往。西方哲學是壯年哲學，東方，是老年哲學，要回到青年也回不去，怎能回到童年。問：何以尼采精神彌漫於尼采之前尼采之後？答：正可就此大現象，佐證尼采是藝術家而非邏輯學家，他明白，建立體系，那是大題小作了。尼采之後，精神胤嗣們各以一己之性格折射強光，然而說完也就要完了。」童明好奇：「尼采、尼采哲學、尼采精神血統，智者中的泛尼采現象，能不能一言以蔽之？」我想，也許是——「最大可能的叛逆」，李耳、莊周都叛逆得厲害，李重儀態，莊矜風姿，故庶士看不出他倆內心的暴烈，白髮蒼蒼的耶穌必是個大叛逆者，四福音書中已經多次流露徵兆。凡是偉大的，都是叛逆的。

與童明先生夜譚，這次到此為止，祝他在興奮中漸漸入眠，年輕的博士，不該貿然讓他知道「最大可能的叛逆」是假想出來的，我們有什麼可叛可逆的呢，我們什麼也沒有——潘朵拉的盒子在打開之前就是空的。

翩翩不富

青春

青春真像一道道新鮮美味的佳餚，雖然也有差些的，那盤子總是好的。

面子

錯，沒面子，改錯，有面子。他認為：要我改錯，太沒面子了，於是撐著，矢不改錯，繼之，更豪邁：什麼面子不面子，現在不行這一套。

邪惡者

十足的邪惡者是不要同情安慰的，對誰也沒有知心話。

直

歪來歪去，扭來扭去，歪不了扭不了時，大聲說：我是喜歡直來直去的。

瞎子

短見者把遠見者看作瞎子。

完璧

「你會見到，將來我是一事無成。」

很輕鬆，完璧歸趙似的。

先知無眠

先知在故鄉是不受歡迎的，先知在家中是沒有床位的。

神的吝嗇

上帝始終不給我朋友，只給我小說的題材。

兩代

一位遠遠超越時代的思想家，他的學生說：老師和我是兩代人。

昨夜

昨夜才真正有點懂得耶穌為什麼要替門徒洗腳了。

讓一步

到後來，總還是看在愚蠢的份上，再讓一步。

人依賴你

人依賴你，你稍一欠動，他就惱了，怨怒你不通情理，辜負他對你的信任。

答

答非所問，其實已經是答了。

寵人

錢不寄恩人，有一點錢趕快寄寵人。

沙漠遠景

據說：文化沙漠必然導致文藝復興。

有

有植物人，有動物人。

四個態度

彼佳，彼對我無情——尊敬之。
彼佳，彼對我有情——酬答之。
彼劣，彼對我無情——漠視之。
彼劣，彼對我有情——遠避之。

生命

生命是極滑稽的，因為它那樣地貼近死。

論濫情

輕浮，隨遇而愛，謂之濫情。多方向，無主次地泛戀，謂之濫情。言過其實，炫耀伎倆，謂之濫情。沒條件地癡心忠於某一人，亦謂之濫情。

虛空

虛空之為虛空，就在於「生」是必死的，「死」是無所謂死的。

上帝之間

藝術的上帝曾經與宗教的上帝過往頻繁，後來，漸漸地也疏闊了。

回到莫札特

所謂「回到莫札特」，用「回到莫札特」這句話是詞不達意的。

愛大

愛大，情僅是愛的一部分。

玉在哪裡

幾許學者、教授，出書時自序道：「拋磚引玉。」

於是，一地的磚，玉在哪裡？

況且引出來的玉，故不佳，佳的玉是不引自出的。

奇異寵物

談到他的缺點時，他便緊緊摟住那缺點，一臉憨厚的笑——缺點是他的寵物。

比

文化，西方衰落，東方墮落，西方還可比的是誰衰落得慢，慢得有樣子。東方沒有什麼可比。在中國，至多發生這樣的好光景——晚上吃早餐，總算也吃過了。

幸虧

自己的文章改了又改，幸虧我不是外科醫生。

天鵝與壁虎

是天鵝，就別飛進哲學，哲學裡全是牆壁，一展翅立即碰壁，那麼哲學家又怎樣的呢，他們可以，他們是壁虎，Gecko Japonicus。

永恆

如果米開朗基羅在雕大衛時，知道三天以後這件作品將被炸毀，他一定歇手飲酒去了。

「永恆」的觀念，迷惑著藝術家。

開端・盡頭

人對宇宙的探索是剛剛開端，而對自身的思維感覺的解析已到盡頭？

二事在懷

懲惡的戰爭之勝利，飽含著愛的性欲之滿足。

王爾德說

說「除了誘惑，我什麼都能抵抗」，為何不說「除了不抵抗，我什麼都能誘惑」（對不抵抗者施以誘惑，太乏味了）。

店面

中國人的臉，多數是像坍塌了而照常營業的店面。

答青年問

人是浪漫得起的，浪漫不起的還好算人？

僅就功能言

撇開美學觀點，僅就生理功能而言：眉淡眼小，鼻扁牙爆，臀低腿短，胸平肩削，頸細背彎，髮稀毛疏……皆非良徵。

好譯筆

「你須真知灼見，度此暫生，當是刻刻赴死，人愈死於自己，則愈活於天主。」

「余睡，甚樂，不如長眠之尤樂，苟此世卑汙恥辱一日尚存者，可憐我，輕聲，莫醒我。」

這樣的譯筆，不免也佩服了。

線味

曲線甜，直線鹹。

故意的簡化

都去做騾，那麼馬呢？

（謹將吳爾芙夫人的雋語簡譯一過，會心者當知何所指，不會心，也省得嚕嗦。）

十朋之龜

「無為」是一種「為」，不是一種「無」。

「吾聞中國之君子，明乎禮義而陋於知人心。」此話莊周以為是溫伯說的，魯迅以為是季札說的。我想總之是某個古早的中國人說的，而且由之可見莊周、溫伯、魯迅、季札都太忠厚，中國的君子者，大抵假藉禮義為的是噬人心，使被噬者自以為殉了道。

中國人總是鬧哄哄，偶爾靜下來，是在釀製更鬧的鬧哄哄，兵營如此，僧廟如此，殯儀館如此……

他說：

別恭維我是什麼出類拔萃，哪有類哪有萃可出可拔呵。

沒有自我的人的自我感覺都特別良好。

「智慧將我們帶回童年」，意思是帶我們出童年的並非智慧。

花，那些花，所有的花，都很嚴肅。

自然界中任何美麗的東西一律是十分嚴肅。

信仰是偉大的絕望。

《約翰福音》第七章，第二十七節：

「只是基督來的時候，沒有人知道他從哪裡來。」

第十二章，第三十七節：

「他雖然在他們面前行了許多神蹟，他們還是不信他。」

「你們聽是聽見，卻不明白，看是看見，卻不曉得。」

絕望是偉大的信仰。

「沒有道德的上帝是可怕的。」康德已經在怕了，怕得說出這樣的話來。

天地不仁。天網疏而不漏——李聃既感歎宇宙無德可言，又希望有因果報應來為人伸張正義。

「真理」，無論作為實體或作為觀念以認知，它必有一個對立的架構，那麼，與真理對立的架構豈非恒與真理同在，那麼「真理」實在不可能。

斯人之出也，治大國如烹小鮮；斯人之息也，烹小鮮如治大國。

與極權主義的暴君暴民苦苦周旋數十年而不自殞滅，所持者大無畏精神及小心眼兒。

明朝亡了，漢人講究飲茶了。

茶宜獨飲，對飲便劣。

李清照評秦觀的詞：「專主情致而少故實」，使我想了想，以為中肯。我仍然非常喜歡秦觀。

詩主情致，亦當具故實。

在作為炎黃子孫的年代中，區區亦曾老實得像火腿，熱情得像砂鍋，憂鬱得像皮蛋。

「辣」是味之王，「鮮」是味之后。

辣，本身並沒有什麼，它能強化各種味，統攝各種味。

鮮，使食物發生魅力，而MSG（味精）卻是巫婆，化做假皇后。

彼等訴稱為「棄兒」。歷史、時代並沒有遺棄他們。他們是自暴自棄的棄兒。

擇善固執者鮮，擇惡固執者夥，普遍的是擇愚固執，分不清善惡。

予喜雨。雨後，尤難為懷，蕭邦的琴聲乃雨後的音樂，柳永的詞曲，雨後之文學也。

區區人情歷練，亦三種境界耳，秦卿一唱，盡在其中：初艾——新晴細履平沙。及壯——亂分春色到人家。垂暮——暗隨流水到天涯。

天堂地獄，一樣是啞口無言，唯人間可以嘻笑怒罵，再加上恬淡的嚕囌，險惡的雄辯，至死尚有話說的烈士、隱士，都使人間豐饒可戀，雖云如夢，其味逼真。

雖然終年索居，晨起後枕褥的零亂，像是一樁罪孽，清刷整理既畢，又像是一番自贖。常為別人的臥室臥具的不成體統而深有感喟。這樣的日常功德都不能履行，何況其他的，晝間行徑——不知其人觀其床。

忠是愚忠，故逆起來是愚逆。

曲學阿世，得有點本領，學太差勁，曲起來就蹩腳。但遇上了混亂的無知的「世」，倒也用不著講究「學」，隨便「曲」曲。

這個「世」就被「阿」得渾陶陶了。

有一種人是這樣的：你看不起他，他就看得起你；你看得起他，他就看不起你。

在莫札特的音樂裡，常常觸及一種……一種靈智上……靈智上的性感——只能用自身的靈智上的性感去適應。如果作不出這樣的適應，莫札特就不神奇了。

愛情本來就沒有多大涵義，全靠智慧和道德生化出偉美的景觀。如果因愛情而喪失智慧和道德，即可判斷：這不是愛情，是性欲，性欲的恣睢。凡是因愛情而喪失智慧和道德的人，總說：「請看，為了愛情，我不惜拋棄了智慧和道德。」

多少飛揚跋扈的開國帝君，在縫第一針時就忘了將線尾打個結。

哲學著作終其極還只是呈現哲學家的品性，於是，斯賓諾莎、康德比黑格爾、謝林好。

智者，無非是善於找藉口使自身平安消失的那個頑童。

藝術有蒂，蒂不顯，不悅目，小而固結，初令人費解，曾以為累贅——這就是藝術家自身的貞操。

《厚黑學》新解：專制使人皮厚，開放使人心黑。

拿破崙在奧地利，身體那麼好，拿破崙在埃及，黑死病要染也染不上。拿破崙在俄羅斯，胃病大發，誤了軍機，拿破崙在滑鐵盧，痔瘡加劇，肛口脫出一截，根本無法登鞍。是故任何一種天才，都應擁有好好的胃，以及好好的其他生理器官，因為各有各的俄羅斯、滑鐵盧，今天沒輪到，明天會輪到（死後也還會輪到，所以死也要死得健康）。

人格化的神，才與人同在，同經驗。世界秩序，不與人同在同經驗，不能稱之為理性的世界秩序，只能稱之為超理性的世界秩序。所以世界秩序與宗教不能等同。人格化的上帝不可信，世界秩序可探索而無從信。普朗克在中學時代初識「能量守恆」這條原理，他說他把它當作救世的福音。福音，旨在救世，功利性至為明顯，而能量守恆毫無人倫上的功利性，這條原理不能救世，怎會是福音呢。大物理學家，都有大鄉愁，離上帝愈來愈遠愈想回到上帝那裡去，即使那裡沒有上帝，也想回去。

詹姆斯・喬伊思的「流亡就是我的美學」是很闊氣的。不用那樣闊氣，美學就是我的流亡。

粗粗觀察某個人，把他歸類，比如一些物件，分別放在各個抽屜內，待到要考究此「人」時，如開抽屜取物件，「人」脫出其類別，單獨對待之。

「典型」（典型人物、典型環境、典型事件），文藝上的「典型論」，就是在抽屜裡炒物件，炒到後來索性炒抽屜了。

粉筆寫，隨即擦掉——女人是粥，男人是飯。

賁于丘園

音樂主體

兒時初聆巴哈、舒伯特之曲，全靠手搖的留聲機，唱片槽紋每有損傷，而當年的感受，與後來的雷射音響所傳遞的，並無多大差異。真要說差異，那是童年聲聲入耳，心不二用。成年會連帶作曲技術上的品第。再後來，音樂是又親暱又疏離，彼此都知恩而無由報德似的。音樂本身則還是那樣，一點沒變。

「一首曾經給予美妙印象的樂曲，總是超乎拙手彈出的不入調的聲音之上的。」普魯斯特此話，意猶未盡者是：一首曾經給予美妙印象的樂曲，總是超乎高手彈出的悅耳的聲音之上的——被人看得如此重要的演奏，多麼次要呀。

善之誤

當你對善良的人說：「別讓人利用你的善良。」可知你是已經被人利用過不止一次兩次三次了。而那善良的人也不會是首次被人利用——這也總還來得及，從此謹慎，莫再糊塗。可是那善良的人聽你這麼說，會不會在心裡想：「他要來利用我了。」

此類腳色

與無聊人說無聊話，呢呢喃喃兩三小時猶勿知休，此類角色一上正場必是鉗口結舌，顧左右而不能言他。

貝多芬遺事

貝多芬只有一個，他的侄子卡爾何止千千萬——你也有個「卡爾」吧。

貝多芬的偉大，不是一個卡爾所能扳倒他，但已經弄得心力交瘁。如果你並不比貝多芬更偉大，那就趕快與你的「卡爾」絕了，長痛不如短痛，何苦再像貝多芬那樣仁慈自虐呢。

（註：卡爾說：「伯父要我上進，所以我要墮落。」）

低能兒的特徵

低能兒只有一個特徵，看不到別人有何優長。

青春短長

都有一份純真、激情、向上、愛美、生動憨孌的意境，亦即是羅曼蒂克的醇髓，幾乎可說少年青年個個是藝術家的坯、詩人的料、英雄豪傑的種。

青春將盡，天賦的本錢日漸告罄，而肉體上精神上開支浩繁，魔鬼來放高利貸了。這個人人難逃的律令，人人全然不知，像感覺到童年，童年已逝的道理一樣，青春也不自識，更不自識，因為從童年到青春是柔潤發旺的進程，而青春既盡，急轉戾燥乾涸，其勢趨下，疇昔的純真激情向上愛美都是天然而然，過後都是天不然而不然，唯少數中之尤少者，將坯鍊為器，料提為品，種開花結果，於是其純真益粹，其激情愈湛，其向上尤峻，其愛美至摯——原來天賦的本錢可以用得如此闊綽，似乎有什麼祕訣，祕訣在於「知青春之寶貴」，而那些向魔鬼舉債的人呢，沒有覺悟青春之寶貴，反使鄙薄青春，斥為幼稚胡鬧不值一顧，自詡從茲腳踏實地，那實地往往是沼澤，再也無能振拔。

清明，練達，是指獲得了第二度青春，在更高的層面上占有青春的優越性。

青春是一種信仰，幾乎可以作為一種偉大信仰來對待。

偉人之母

偉人的母親總是悲苦的，她比兒子先背上十架。

無形的懸崖

足以粉身碎骨的懸崖，人人都知守住一步之差。必將落得聲名狼藉的無形的懸崖，總覺得勸諫者誇大其詞，於是，失足直墜深淵——懊悔是痛苦的，而多半要懊悔的事以不及懊悔了事。

或人之洋

服裝舉止一落洋派，生活細節事事占洋氣之先，於是越洋而抵歐美——土了，陌生了，與西方精神格格不入，日夜想故國，想家，想那個房間，那晏覺、午睡，夜來四兩白乾……

西方精神與東方精神，一體之兩面，倘若與西方精神格格不入，那麼於東方精神也不及格、不入格，根本沒格兒。試想莊周、嵇康、八大山人，他們來了歐美，才如魚得水哩，嵇康還將是一位大鋼琴家，巴黎、倫敦，到處演奏……

論流氓

流氓歷來就分兩類：下流氓，上流氓（向下流的氓，向上流的氓），下流氓是歹徒，姑不論。上流氓趨向遊俠，每以惡的形式臻於善，甚或至善。

思想的圖象

思想像管子，只要不斷，就愈拉愈細。A.紀德亦有此說，他以詩明之，點到即止。今容質言之：蓋思想之妙玄，全在於運力拉而不斷，若說近代思想家或有強過古代思想家之可能，庶幾乎昔粗今細，細之又細，無奈快要斷了，那將是無以為繼的。

熟道・陌路

在精神世界經歷既久，物質世界的豪華威嚴實在無足驚異，凡為物質世界的豪華威嚴所震懾者，必是精神世界的陌路人。

一對

使人受騙上當，是其樂無窮的，所以要去使別人上當受騙。受騙上當，是其樂無窮的，所以要去上當受騙。騙者和被騙者是很投契的一對。

傷・毀

刀槍傷身，語言傷心，一句惡毒的話足使人完全絕望——絕望，就絕望在眼看那忘恩負義者以自毀來毀人。

三句話

寫了三句話，第一句逗人微笑，第二句引人大笑，第三句招人狂笑。

第一句暫留，第二句待決，第三句劃掉。心裡偏愛的是第三句，而藝術是另有摩西的，他的誡命是：不可隨心所欲。

浪子回頭

浪子把頭都浪掉了，怎麼個回法。

道・盜

疇昔之夜，盜亦有道，當今之世，道亦有盜。盜亦有道是一個感歎，感歎有道之盜畢竟太少。道亦有盜是一個憤慨，有盜之道太多，道是這樣被盜光的。

偽善與真惡

以善得天下，以偽善治天下，偽得不耐煩，偽得漏洞百出，乃直接惡——回想當初將得而未得天下時，大家以為從前的善還不算善，這次可是真正的善了，因而紛紛投奔，共襄大業。再回想當初偽善開始運作，大家精練作偽的功夫，小偽偽不過大偽，文偽偽不過武偽，大偽武偽到底也敗於真惡。

「善」無人信矣，「偽善」戲法穿矣，際此將失而未失天下時，上過當吃過虧的人，先要弄清那「善」的理論前導就是狂想妄想，不符人情物理。再則「偽善」之風起得極早，開始以「善」為標榜時，尖端人物的作偽伎倆都已十分到家，中下層的夥計們，不太清楚「善」僅僅是幌子，是手段，所以芸芸中下層不乏真善者，以致到了將失而未失天下時，還有人感歎事情之初確乎是真善，後來變質了才發生偽善，凡持此論調者，蟲有大小，其糊塗一也。

偽善大作，不久就索性惡了，因為偽是辛苦的，煞費心機，既然王權在握，江山鐵鑄，何必再煩於弄玄虛，但想想又覺得還是偽善最妥當，偽善的經驗也最豐富，儘管被譏為陳腐拙劣，還是老老臉皮照偽不誤，至此，真惡的全過程畢露無遺。

故其所謂善—偽善—惡—再偽善……始終都是惡。

蒙田一歎

蒙田曰：「人是會變的。」—論說法，這樣悄然帶過，自然是命意深，涵蓋廣。這是一聲浩歎，非警句，也非格言，點到而不能不為止，夠通俗了，再通俗則「人是會由好變壞的」、「人是會由較壞變為極壞的」。

蒙田的原話，沒含有「人是會由壞變好的」欣悅祝福之情，此話予我的感覺是：蒙田說了之後，對「人」的研究，廢然作罷。

才德兼無

「才德全盡謂之聖人，才德兼亡謂之愚人，德勝才者謂之君子，才勝德者謂之小人。凡取人之術，苟不得聖人君子而與之，與其得小人，不若得愚人；何則，君子挾才以為善，小人挾才以為惡，挾才以為善者，善無不至矣，挾才以為惡者，惡無不至矣。愚者雖欲為不善，智不能周，力不能勝，譬如乳狗搏人，人得而制之。小人智足以遂其奸，勇足以決其暴，是虎而翼者也，其為惡豈不多哉。」

司馬溫公固健辯，庸詎知後世竟有：

行政幹部無才便是德，

技術幹部無德便是才。

嗚呼，溫公有知，資治之鑑，至於難通矣。

麗澤兌樂

其實「為藝術而藝術」高唱還未入雲，普羅文學就濁浪排空了。

「葉慈竟能在兩者之間，獨持一項絕非折衷的正確觀點。」

「藝術家，竭至誠於其精神勞作，自必為全世界盡力了。」

艾略特為何不直截說：藝術的路，正介乎「為藝術而藝術」與「為人生而藝術」之間。為何不索性說：本來無需持觀點，可奈這邊為藝術而藝術，那邊為人生而藝術，當中就必得有一個觀點了。

但艾略特畢竟已經表陳得很好。一九四〇年初夏，他在都柏林，為紀念剛謝世的葉慈，講演臨結束時，他用「絕非折衷」來評價葉慈的「觀點」，已經夠中肯。而當年能持此「絕非折衷的正確觀點」的藝術家不止葉慈一人，葉慈尤其俊傑，至今也令人感佩。感佩其俊傑。

此外，差堪回顧的是，為藝術而藝術者由於道義純厚，為人生而藝術者由於技巧高明，大抵成全了可誦可傳的作品。又此外，那刻意為藝術而藝術而不知其他者，那力主為人生而藝術而不知其他者，大抵沒有得到「藝術」沒有得到「人生」。

公案早已具結，而在中國，這樣兩種思潮都不求甚解，等於都沒有來過。

時下正有更多的思潮衝入中國，大抵又將莫名其妙，都活活等於沒有來過。

歐洲史上，每隔一百年，總會出個蒙田，出個巴斯卡，更仔細些看，每隔五十年，就有蒙田型的和巴斯卡型的人物在對話。中國，從前也有司馬遷型的韓愈型的人物，斷而不絕或隱或顯地存在過，後來沒有了。似乎很乾脆，沒有了就沒有了。

文學家主寫作，寫作以外的活動，即使是「文學活動」，意義也平常——但出現了專以文學活動取勝的文學家。

也好，文學的歸文學，文學活動的歸文學活動。一種叫文學家，一種叫文學活動家。

文學活動家如果不兼文學家，就更專門，精力更充沛，事業更容易成功——整個文壇以文學活動家為主。文學家而兼文學活動家者，其次。不兼文學活動家的文學家者，更其次。壇呢，仍叫文壇；不叫文壇叫什麼。

不知愛，迷茫於色情。不知文學，寫些浮薄傷感的詩。書是讀的，從本國讀到外國，倫敦、巴黎、西班牙……回歸了，看看別人都在革命，他也革命，大家說他轉化得不慢，新我否定了舊我……他沒變，仍然不知愛而迷茫於另一種色的情，人勞動亦勞動，人膜拜亦膜拜，寫些歌功頌德的詩，另一種浮薄傷感。不久被指控：凡是他寫的譯的書，都起著敗壞青年毒害青年的作用，因此定了嚴重到致命的罪……

一個徒然迷茫於色情的人，一個僅寫些浮薄傷感的詩的人，怎能明白自己最後的遭遇是怎麼回事。在雙重的不明不白中，他死去。

再後來，好久好久，那些與他差不多的人，差得多地還活著，忽然想到可以為他開個追悼會（不容易啊），想到可以把他的詩收攏來（不容易啊），有的寫序，有的寫編後記（不容易啊，大家都有一攤子事忙著哩），詩集出版了，好薄的一本，印刷簡陋，簡陋得花枝招展，裡面有模模糊糊的照片、遺像、手稿，模模糊糊，很逼真，逼另外的真。

就這樣，叫詩人。如果換了寫小說的，就叫小說家。死的死去，活的活著，活著的可以為死去的寫序寫編後記，說些風涼話，擺擺老資格。也沒有多少好說，只是說了許多，沒有多少好說而說了許多，就說明著一件事：死去者活著者都模模糊糊。

唯一有意思的是，研究中國現代文學的外國人，就要看這種詩（或小說），大抵這些外國人與其所研究著的詩（小說）的作者，是差不多的，與寫序者寫編後記者也差不多，或者，更模模糊糊。

那些到後來皈依宗教的文士，其中有人誠然執著了信仰，使自己的一份才藝也供奉於至尊者。而其中另有人（頗多），只因本身無真可歸無璞可反，虛榮好勝之心一貫炎炎不止，便假藉神的名義，以超越凡俗——凡俗容易超越，否則不叫凡俗了——至此，應可歇歇，但這類人的保養有素的自我感覺，至此愈加良好，那張靈光煥發的臉，需要到處去丟，凡俗者們非常欣賞這種丟過來的臉，接住了，把它掛在壁上。

「五四」迄今，文學的發展過程是：一種文藝腔換另一種文藝腔。初始是洋腔，繼之是土腔，後來是洋得太土、土得太洋的油腔。

這樣分說，如果中肯，那麼過去的半個世紀內，土腔剋洋腔、油腔剋土腔，倘若再有什麼腔來剋油腔，也就可以了吧。

不幸這樣的分說沒有中肯，「文藝腔」之為「文藝腔」，每次都弄得有「腔」而無「文藝」，大家紛紛追求「腔」，一旦「腔」到手，便登堂入室坐交椅。文藝青年們，一觸及「腔」，認知這是「文藝」——並非「文藝」不存「腔」將焉附，反使「腔」不發作「文藝」就出不來了。半個多世紀寫的寫、讀的讀、寫的讀、讀的寫，文壇是個轉壇，左轉極則右，右轉極則左，到了脫離「腔」就不成為「文藝」時，自然是沒有「文藝」只有「腔」，「腔」了半個多世紀還得再「腔」下去。

臻於藝術最上乘的，不是才華，不是教養，不是功力，不是思想，是陶淵明、莫札特的那種東西。

「現代」是個很奇怪的時期，陶淵明、莫札特如果生於現代，欲使其文章其音樂臻於最上乘，除了他們原有的「那種東西」，還得加以「另一種東西」——因此「現代」真是個很奇怪的時期。「後現代」自以為還要奇怪，其實事情弄壞了，「後現代」不明白「現代」的奇怪究竟奇怪在哪裡，所以「後現代」把事情弄壞而後已。

日昨陪幾位朋友上博物館談談，在伊斯蘭藝術的聯室中放緩步趾，我既不知趣又像主持公道地說：「世界早已精緻得只等毀滅。」

從前有一儒生（類乎當今之作家）、祖傳二鍋而沒有下鍋的米了，決計賣掉一只以買米來下鍋。

儒生（作家）找到了寄售商號，店主將此鍋斜靠在臨街的顯眼處。

儒生（作家）討得紙筆，寫了「出賣舊鍋」——貼在鍋邊。

行人甲道：

「第一字可省，意思夠明白。」

儒生（作家）恍然了一下，便把「出」塗掉。

行人乙道：

「擺到這裡來，總是要賣的。」

儒生（作家）又恍然了一下，便把第二字塗掉。

行人丙道：

「你怕有人會認作新貨麼？」

儒生（作家）大大恍然了一下，便把「舊」塗掉。

行人丁歎道：

「誰不知道這是只鍋呵？」

儒生（作家）竦身恍然了一下，扯下那紙，撕碎。

但事情還沒有完，君不見當代的書店裡……

張三小說集張三著；

李四詩選李四著。
如果有人印了一部書：
章太炎文集章太炎著
恭恭敬敬捧去見章老夫子，不遭老夫子破口大罵亂棒打出才怪哩。

藝術家憑其作品得以漸漸成熟其人。

在自己的作品中，藝術家才有望他本身趨於成熟。不僅人奇妙，不僅藝術奇妙，奇妙的是人與藝術竟有這一重嚴酷而親暱的關係；別人的藝術無法使自己成熟，只有自己的，才行——重複三遍了，為什麼重複三遍。

（贅注：通常的高明之見是：先做人，而後做藝術家；人成熟了，藝術隨之成熟——且看持此格言者，一輩子吃夾生飯，動輒以夾生飯饗人。）

笑話兩種，其一，說者不笑，聆者笑或大笑，說者在心裡笑聆者之笑。另一，說者肅然，聆者笑或大笑，說者不明聆者何以笑。「中國在近五年十年內，將產生偉大的文學作品」——屬於前述兩者中的其一？另一？

這類預言家，不大可能是「偉大的文學作品」的撰著人。偉大的文學作品，在經營時（在尚未動工時），主者不覺得它偉大，不覺得它一定會偉大。倘若主者時時覺得它偉大，那麼結果恐怕是不偉大的，結果有可能是阿世玩世混世欺世的東西。

「中國在近五年十年內，將產生偉大的文學作品」這一論斷性的預言的附和者，也不大可能是「偉大的文學作品」的撰著人。萬一，真出了「偉大的文學作品」，預言家及其附和者是不知道的。世上已有定評的偉大的文學作品，他們當然承認、崇仰，而他們實在不明白這類文學作品偉大在哪裡，如果他們稍稍明白一點，他們就不致做出這樣的預言，不致去附和這樣的預言。

甲乙二人在路上走。

甲說：

「五分鐘十分鐘內我將撿到一個錢包。」

乙說：「那是必定的。」

偉大的文學作品比錢包更偶見，錢包一望而知，偉大的文學作品往往不容易解，難呀，讀已是這樣難，寫就更難上加難了，然而《史記》難不倒司馬遷，《紅樓夢》也難不倒曹雪芹，在蠶室中發出一陣緊一陣的呻吟聲時，在黃葉村夜晚小屋破窗裡響起啜粥聲時，未知有沒有人斷言「將產生偉大的文學作品」了，諒想還不會有，因為，雖然中國文人向來是迂闊的多，而那時候還不致迂闊到像現在這樣的豪邁，這樣的商業廣告氣。

「中國之君子，明於禮義而陋於知人心。」

一千幾百年前就有人如是說。

中國乃君子國，小半是明於禮義而陋於知人心的君子，大半是憑藉禮義而摧殘人心的偽君子。偽君子之能千百年占優勢、掌實權，正由於有君子在附會他們的勢、支持他們的權，因為，君子是明於禮義而陋於知人心的呀，只有到了偽君子責怪君子明於禮義明得不夠明，陋於知人心陋得不夠陋，君子才歎苦，一歎苦，偽君子便把君子宰了。可見中國的君子之陋於知人心陋到什麼地步，連偽君子的「人心」也揣摩不透。

中國人都是急性子，耐心也真是好極了。

與爾靡之

奇蹟間的直線

依修午德發現會畫水彩畫的交通警察，梅里美遇見耽讀《巴斯卡沉思錄》的強盜，司坦尼斯拉夫斯基覓得唱起來不用換氣的鄉村歌手——世界平凡，卻處處點綴著小奇蹟，我也曾問那肉店的猶太老闆，他說他擅寫十四行詩。

像古代的天文圖，幾顆星，其間加上幾條直線，便成為某某星座。我也喜歡在小奇蹟與小奇蹟之間加添直線，冗長的人世經歷，因之有過不少星座，名稱瑰麗得於今思之反覺寒酸。

直線加膩了，聽憑它們單個單個存在吧，這樣，終究不致淪為知識上的唐喬凡尼。軀殼自頂至踵地衰朽，它與我的心靈日益異離，假苦行主義，偽享樂主義，幢幢往來的現世男女，沒有一片醜陋的雲，沒有一朵惡劣的花，誰真能宣明自然形態的優越性的原理呢，再要端坐在流蘇垂垂的幃幕下，桃花心木的圓桌邊，一盞卡謝爾式的燈，從頭試論自然形態的神乎其神，已顯得顧左右而難於措辭，只能說我們從前有過很多，現在我們什麼都沒有。

最壞的苦痛

「說出那些最壞的苦痛，也就是說出了我的苦痛。」

「最壞」是什麼性質呢，最無辜？最恥辱？最莫名其妙？最難解脫？可惜我未能面質亨利希・海涅。

所幸我完全領會他說這話的用意之懇摯。

大戰正在以後

人腦的功能，大致分三等，一等是主呼吸心跳諸活動的部分，稱為「生命中樞」。二等是主語言舉止感覺的部分，稱為「功能區」。三等是相對地不重要的部分，稱為「靜區」。在某一區內集中著某一功能的神經細胞，而大腦的其他區域也散佈著此類細胞。

人腦總共約有一百億至一百五十億神經細胞，經常處於作用狀態的只有十幾億，百分之八九十的神經細胞可謂閒置著，或可謂休眠著……

人腦，上帝與魔鬼必爭之地，大戰正在以後。

只有三棵桑樹

路的左邊兩棵，停車場轉角一棵，如果沒見到桑葚，不知這就是桑樹。

記憶中的桑是矮而多癭的，總以灌木視之，卻屬於落葉喬木科，從未注意桑之花，據說很小的，淡黃，穗狀花序，自兒時迄今，真沒有賞及它的花。桑葚的紫，紫得有幻意，說這顆桑葚很大，指它比其他的大——者般小的果子，竟有飽滿、肥碩的喜感，如若枝條上結著很多紫葚，仰視時就全不在意桑葉，只見熱鬧的和善而有些耿介的葚子。

江南的故鄉的人們稱桑葚為桑果，Sorosin是可譯作「桑果」，複果之一種，全體為眾花簇聚所成，純屬漿質。每年春來，遍野皆是，卻不許孩童吃，難免已被黃蜂毛蟲叮過，而且桑果性熱，吃多了，早晨流鼻血。

桑葚是我童年的禁果，而今在異國摘食桑葚，禁令解除，吃至十來顆，就憶不起更多的童年情景。

他們的唯美

愛因斯坦被自然界的數學體系的簡潔優雅吸引住了。玻恩認為廣義相對論是哲學領悟、物理直覺、數學技巧精彩合成的一件瑰瑋藝術品。彭加勒的研究自然，純粹是從中取樂，如果自然不嫵媚，就不值得勞神苦思。狄拉克一再聲稱，方程式中所具有的魅力，遠比它符合實驗更為迷人。

康德的判斷：「對自然美抱有直接興趣，永遠是心地善良的標誌。」此話可以反說，凡已不復善良者，乃對自然美喪失了直接的興趣。

常人對自然美的興趣是間接興趣（假託、移情、想入非非），唯有對自然美抱有直接興趣者，才是心地善良的標誌。

泛神論二解

一解，已由叔本華道明——泛神論是客客氣氣的無神論。

二解，企圖協調神與人的比例關係，一切都指歸神，當然就「神與人同在」了。可是神解體之後，滲入無限小，擴向無限大，更與人不成比例。

萊布尼茲、牛頓是茫然而權且安於此失度的比例之中嗎？斯賓諾莎是否隱隱感到事情有些不妙。

後來，泛神的觀念愈泛愈遠，愛因斯坦、普朗克、康托爾、法拉蒂、愛丁頓、康普頓，都泛得不考慮比例，只有那幾位自殺的科學家儔裡，可能有知此「比例失度」的傷心人在，既作不了有神論，又作不了無神論，一死，了之。

什麼時期的神與人的比例關係最協調合度呢？

古希臘，古希臘人的比例觀念最強，最高明，表現在雕像上、建築上、神話上。

真實的幻覺

我一向知道櫻花是不香的，亦未聞有誰道及櫻花之芬芳。

在華盛頓的人工湖畔，沿岸櫻花連緜，遠遠望去，雲興霞蔚，走近時一陣清甜的幽馨，不能不懷疑自己的嗅覺了。

上午十時，空氣潮潤，地面的草茵朝露未乾，陽光從前面的數枝喬木間照進來，也許就是這樣地水份慢慢蒸發，才形成馥郁的氛圍。

（美國的花，玫瑰鈴蘭康乃馨都已不香，過份的「人工」使「自然」疲乏，這是極壞的徵兆，等於在預告鹽將失去鹹味。）

櫻花含苞時是深紅的，徐徐綻放，顏色漸淡漸淡，淺絳的櫻花是盛開，近乎白的櫻花就要殘謝了，這樣，我所聞到醃糬的那一帶的櫻花正是淡絳，再往前行，櫻花都已白了，無氣息了。

十多年來沒有逢到過如此規模的嗅覺的佳境——嗅覺比視覺聽覺更其形上，輕捷透徹，直抵靈界。

仍然有些疑惑，小湖畔櫻花之香是一己的幻覺，那麼我的感官已經病得可喜可賀。相信我記住了櫻花的香型，能與梅花梨花任何花都區別得清楚。

想起了諾伐利斯

每星期舉行家庭音樂會，玻爾茲曼自奏鋼琴，這位奧地利的大物理學家，性情幽默，風儀安詳，傾心於科學之美，藝術之美，自然之美，哲理之美，家室龢樂，名聲顯赫，一九〇六年，夏日，獨自潛入森林，自殺。

德國科學家德魯特也是一九〇六年自殺，四十三歲。

「在今天，許多人提出與昨天他說過的話截然相反的主張，這樣的時期，真理已無準則，科學不知為何物，我悔恨沒有在前五年就死去。」

——荷蘭物理學家洛倫茲。

用自己的手，摧毀自己信仰過的精神殿堂，再建立一個全然陌生的窩，對於藝術家，也許以為得計，對於科學家，痛心、棘手，要殉道而無道可殉，他們的死，不是超脫而是毀滅。

普朗克對自己的發現（基本作用量子），一直疑惑不定，想使這個作用量子納入經典理論中去，徒勞無益地努力了好幾年，同儕皆為之太息。

倫琴亦為他所發現的X射線而深深苦惱，往昔的均衡恬靜的心情，一去不返。荷蘭理論物理學家埃倫菲茲死，愛因斯坦悼言：「最近幾年，他的內心衝突惡化了，那是由於理論物理學經歷了暴風驟雨般的發展，一個人，要研究並且講述那些心裡不能完全接受的東西，總是太艱難的事，對於秉性耿直的人，明確性就意味著一切的人，這更是雙倍的慘苦，正是這一點使他厭世，自殺。」

想起諾伐利斯，十八世紀德國的Novalis，柔髮稀疏，玻璃花如的面容，不滿三十歲就離開塵世，初次見到他的畫像，就覺得以後會想起他，那種引人憐惜的脆弱，是否鋒銳的靈智必定要有如此顫然欲碎的形相呢，他曾說：

「哲學原就是一種鄉愁的衝動，到處去尋找家園。」

科學，更是一種大鄉愁的劇烈衝動。

困于葛藟

「曠達」，僅是有情世界中所可能保持的一種態度，越出這個局限就不成其為態度。多少大智者都曠達到局限之外，竟從來沒有人指斥他們的失態、無度。

「天上的星辰」、「心中的道德」之所以感動康德，諒想他認為星辰降臨心中便是道德，道德升行天上便是星辰——苦韌的哲理終不免歸於甜爛的童話。

「山」與「看」的三段論公案，事情壞在中間段上，大家假裝看山不是山，於是理得心安地去看山又是山了。

看山不是山哪有這麼容易，看山不是山是要死人的，毫無便宜可占，能通過這第二段的人寥寥可數，因而真的達到第三段的更寥寥得數也不用數。

李耳的理想是：看山是山，再看山是山，一直看山是山。李耳自己淒苦承受著「不是山」的折磨，壽又長，顯得沒完沒了。「老子」，是個既尊敬又訕笑的稱謂。

世俗的純粹「道德」是無有的。智慧體現在倫理結構上，形成善的價值判斷，才可能分名為道德。離智慧而存在的道德是虛妄的。如果定要承認它實有，且看它必在節骨眼上壞事敗事，平時，以戕賊智慧為其功能。

智者有朋儕，甚或知己。特大的智者總孤獨，萬一生於同時同地有二三子，他們的脾氣，他們的脾氣實在合不來——唯一的不智就在於此。脾氣即是命運。

在接觸深不可測的智慧之際，乃知愚蠢亦深不可測。智慧深處愚蠢深處都有精彩的劇情，都意料未及，因而都形成景觀。我的生涯，便是一輩子受智若驚與受蠢若驚的生涯。

如果司馬遷不取孔丘的觀點而持李耳的觀點來治《史記》，這部作品就難想像有多偉大。

愛了一個美貌的人，日漸覺察此人癡騃，而其容顏仍有難違的魅力。居有頃，證見此人品性窳劣，自茲一天天看出其麗色的溏薄，醜陋的因子滲出來，滲遍全體，美貌淪亡了——很公道似的。

穆罕默德等山來電話，等了好久。

穆罕默德打電話給山，山不在。

這便是你們口口聲聲的現代、後現代。

精緻而不止，不止而知適可而止，這是頹廢。

精緻而不止，不止而不知適可而止，就糜爛了。

頹廢是悠曼的，希臘雕像啟始就懶洋洋，取個站千萬年不必更換的姿勢，親眼看到愛琴海，才知平靜得要睡著了似的，一大片頹廢的清水，何況當年的希臘是彩色的，我自幼認知的是單色的希臘，單色比彩色頹廢，宗教比哲學頹廢，男人比女人頹廢，愛情比性欲頹廢，戶外比室內頹廢，陽光比月色頹廢，流亡比旅遊頹廢，未來比過去頹廢……辣椒比蜜糖頹廢。

當遲暮的歌德，重語長心地對愛克爾曼說：如果我所經歷的過錯，未能使後來者因而免於重犯，我豈非枉自痛苦了——歌德之前，聖哲們的過錯，與歌德的過錯全不相似麼；德行也難新異得無前例，何況過錯。

韓愈文章好。他的淺薄的功利主義無時不發乎膏肓間，〈原道〉篇中「道」與「德」的定義盡由他下，繼之竟直指李耳坐井觀天——李耳是坐天觀井……韓愈呀。

孟德斯鳩的書，我至今常讀。他自己說能終生保持怡悅朗淨的心情，而「就像人在悲哀中才是人」這樣的話，也只有由他道來顯得格外中肯。而「成功之路，往往看一個人是否知曉要多久才能成功」，更因為出於《法意》著者的切身體會，使當時還十分年輕的我呆呆估量了好久，想做幾件差強人意的事，半個世紀無論如何是不夠用的。中途落荒者，前功盡棄者，皆因昧於「要多久才能成功」；青壯得志而一蹶不振，叱咤風雲而晚節墮斁，豈非全是當初自以為已經成功了的緣故。五十年來在順流逆流中總會記起孟德斯鳩那句話，順亦不足喜，逆未覺得哀，我也並沒有什麼功欲成，只是十分不甘心失敗而已。

天才與狂人相近——天才與狂人正相反，最醒惕，最龢醇，最善自制自葆，最能瞻前顧後，庶幾乎天才。

愛了一個人，沒有機會表白，後來決計絕念。再後來，消息時有所聞，偶爾也見面——幸虧那時未曾說出口，幸虧究竟不能算真的愛上。

又愛了另一個人，表白的機會不少，想想，懶下來，懶成朋友，至今還朋友著——光陰荏苒，在電話裡有說有笑，心中兀自慶幸，還好……否則苦了。

不能不與偽善者周旋時，便偽惡，淋淋漓漓地偽惡，使偽善者卻步斂笑掉頭而去。

別的東西如果不是這，可以是那，藝術品如果不是藝術，就什麼也不是。

「愛」的內涵最豐滿——愛，是簡明的，簡明得但憑其自身的熱量引力是維持不了兩個月的。

「愛」遇到波折險難，要在困境絕境中得到愛繼續愛加倍愛，唯有仗使慧心和德操來與噩運爭勝，奉獻自身以佑福愛者，當此際，構成一個「人」的思維和感覺的全部功能都激揚起來，肝腸如火，泣笑似花，雖千萬人吾愛矣，小說歌劇這樣寫這樣唱，才可以長篇，唱幾個小時。

「愛」是慧與德的天才學說。當今物欲橫流魔火直走，接連幾個愚而詐的朝代之後，愛已失傳，天才不再降生，學說棄捐勿復道，其他的天才安於單獨，愛的天才務必求偶，在愛的廢墟餘燼間，或人緬懷疇昔尊榮，殘剩的慧心和德操要用也用不上，只落得圖書館內過生日，博物館中結婚。

「愛」是生機，生之萃華昇華，唯其萃華昇華，「愛」與「死」最近。說「愛是死一般地強」、「愛戰勝死」，說法傖俗，且不知說到哪裡去了。「愛」之與死近，是因為沒有靜止的愛，愛的宿命的動態使它隨時要湧向極致，而生命無極致，在愛者心目中生命太像是有極致的，生命有什麼極致呢，所以這個極致只能是死，一定是死。

生命好在無意義，才容得下各自賦予意義。假如生命是有意義的，這個意義卻不合我的志趣，那才尷尬狼狽。

朋友走上歧途，行將跌入深淵——諫之責之，以哭以怒……彼無動於衷。

噩運會來，那麼噩運會去，但在噩運中喪失了品格，事事無行，卒為親師儔友所不恥，待到噩運過後，又能如何呢，不甘寂寞，找些浮浪之徒來廝混，與在噩運中時有什麼兩樣。如果天性純良，噩運損傷不了內心，如果天性十分純良，會反彈出一種自衛力，所謂「顯出骨子來」。可是噩運之惡，惡在它最能催醒邪孽的沉睡因素，在平順的生活中，某人並非奸慝，寧是頗為明智仁善的，卑劣舛戾的因素沉睡在心底，噩運使這些因素上騰氾濫，從此再不下隱深眠了，噩運即使為期不長，卻是這樣斷送一生。

哲學的最低層次：獨特疑問。

哲學的最高層次：疑問的獨特解答。

練習哲學，在閱讀中，困難是，同一詞彙，哲學家們應用時含義各異——如此微末猥瑣的困難，卻使許多俊才終於仳離哲學。而眼看不少庸夫倚仗各色詞彙的調弄，儼然箕踞在哲學家的高背大椅上。

藝術的偉大在於直觀，偉大的藝術都是直觀的。熟習於藝術的偉大的直觀的人，不妨將「直觀」用到「哲學」上去，便可看到一種景象：先前的哲學家，憑心靈思想，後來的哲學家，靠工具思想（「直觀」只取此一瞬間，因為「哲學」畢竟是非直觀的、反直觀的），哲學，是十八歲以後的事，為了破除十八歲以前的成見（愛因斯坦的說法，他是指物理科學，也可藉之順勢點到人文哲學上來），藝術卻永遠直觀，藝術家通悟哲學，乃至精嫻哲學，還是保持十八歲（如果保持不住，就窩囊）。

事情歷歷得可喜，大哲學家總是非常之藝術的，大藝術家總是非常之哲學的，還有什麼事情比這更可喜得歷歷呢。

同時又可以幸災樂禍一番，學哲學不成的人，是輕鄙了藝術的緣故，藝術上的失敗者，肇因在於侮慢了哲學。

好吧，這些話題，在上個世紀也只算「新古典主義」的迂闊夜譚，廿世紀末可做的時髦事，是微妙地證明「哲學之死」、「藝術之亡」，已不是「預見」，是「定見」，就只未識有誰更微妙地考辨哲學和藝術的死亡，係屬夭折抑屬正寢，如果尚存「復活」、「再生」之希望，那麼重新開頭也許將是另一種現在無從假設的戇憨粗糙，因為最近兩千年的哲學之死藝術之亡，是傷在黠巧細膩上的。據說「理性」不能辭其咎，等到尼采他們一路叫起來，已經無濟於事。

舍車而徒

戲答

某報編者有徵，題曰「我為什麼要寫作」。

如種之茁如泉之淋曰鼓在暮曰鐘在晨志言惟烈道載惟噉作而不
述酖而不醒羈麟絕筆尼父此惛哀麟沛筆小子此惘前叩名山後禮其
人得枝掛角渡河留馨更蒙追質君其問諸水濱。

這樣的回答，自然是鬧著玩，事情哪裡會如此狼狽不堪。

某種演奏家

飽經滄桑而體健神清的人讀書最樂，他讀，猶如主演協奏曲，塵世的森羅萬象成為他的樂隊。

雙重無知

先天性的「無知」者，有機會到世界各處走走，看看，聽聽，結果多了一層後天性的「無知」。

子厚頌

唐朝那麼多的文士，俊傑廉悍的柳宗元尤難為懷——他有現代性，這容易解。難解的倒是為什麼柳宗元有現代性，為什麼獨獨他有現代性。

先知無儔論

先有了些信徒，繼之出了個叛徒，而後來了批暴徒，這時信徒逃避他，叛徒賺賣他，暴徒擒拿他。暴徒分占他的衣物，叛徒領得一筆賞金，信徒吃他的肉喝他的血。

寂寞的是，在生時，沒有一個朋友。

更寂寞的是，被理解的，都不可能是偉人。

受問若驚

如果被人問：

「當今文壇哪幾個人物是第一流？」別以為人家在請教你，這豈非明明認定你不是第一流，至多二流吧，最可能的是認為你根本不入流。

藝術不可論

有這樣一個記者，問這樣一個畫家：

「藝術是為了什麼？」

這樣一個畫家答這樣一個記者：

「為了和平。」

我好久，好多年沒有如此大的大笑了。

後來，我以極溫靜極忠厚的語調，電告一位朋友，他笑得掉在地上，不是身體是話筒掉在地上，笑聲還聽得到，他拾起話筒：

「如果是你，碰上了這樣一個記者呢？」

「不會的。」

「碰上了，也提這個問題？」

「我回答：藝術是為了使人不致提出這種問題來。」

大能的限度

也許上帝的大能，限度如下：

祂可以造成一位耳聾的作曲家，而造不成一個耳聾的音樂評論家。

無心之訣

不存心詐騙而使別人大受欺凌，這種事是有的，至少在中國文學的史蹟和現狀上，屢見，不鮮。

（這個說法，像是在為誰辯護開脫，甚至像是在姑息恭維誰了。）

被遺忘的機械師

老話題，老是老，話也夠多，題還是題。

我似乎成不了無神論者，如果要持無神論，也不會像尼采那樣地敵視上帝，將自身置於上帝的對面（相峙，即是承認其存在），有時候，尼采的心態是欲取代上帝，但又知道神是乏味的，怎樣才是有味的神呢，酒神，一個藝術的比喻，我們只能苟安於比喻。而「無神論」、「有神論」的「神」都是不許比喻的。

「神」的誕生極早。「人」說要有「神」，就有了「神」。一個機械師，千辛萬苦地製造一部機器，然後跪下來：「感謝上帝，使我有了祂。」然後大家都跪下來，感謝上帝，倒把那機械師忘個乾淨。

反卡夫卡

一九二二年的日記中，他暗示道：

「惡並不存在；一跨過門檻，就全是善。」

這等於說：善並不存在，一跨過門檻，就全是惡。

中國的人

中國人哪，在沒有功沒有利的狀況下，也要急急乎功近近乎利。

都笑

商品廣告上的男女都在笑。

菸笑、酒笑、冰箱笑、汽車笑，音樂廳門前的海報，提琴家笑、鋼琴家笑，指揮，笑。

難於想像上個世紀歐洲的音樂會的海報，貝多芬、蕭邦、布拉姆斯，笑。

司湯達爾說：「真的愛是不笑的。」——二十世紀末是不愛了。

兩種文化

聽命於主子而阿諛奉承的文化是婢文化。調笑大眾，俏成俏散的文化是妓文化。妓文化認為婢文化沒出息，但看到鞭痕聽到慘叫，覺得蠻刺激，有點兒同情似的，然而究竟很遙遠。

婢文化起先認為妓文化到底不正經，後來想想愈想愈感到自己苦，人家，隨便怎樣，人家總是吃得好穿得好呀。

所以，婢文化的取向是妓文化，而妓文化，沒有取向，霉爛而死。

你往何處去

古埃及、波斯、印度、瑪雅的文化都是向後瞻的（原始、世界之初、神，神是原始之原始），這些古文化，定型，完成，不發展，幾乎就是個終點——後來果然沒有繁衍出什麼來。

古希臘的文化是向前瞻的，有說整個歐羅巴的文化是從雅典神廟中出來。

後瞻，無限。前瞻，無限。崇神者向後瞻，愛人者向前瞻，漸漸顯出愛人的（人本位的）才是文化，而崇神的（神本位的）是蠻荒的陳跡。

受詛咒之國

爭權奪利，世界都這樣，中國尤其這樣，中國人在無權無利的時候也爭權奪利。損人是為利己，在中國，不利己也要損人。

一直感到中國是受了極毒極毒的詛咒的國家，最近看到香港也有人提出這個說法。為什麼會受詛咒，誰作了詛咒，答案是沒有的，但真有這樣的感覺——感覺到了最後的感覺。

更冤

斯瓦希里語的諺言：「一只爛椰子臭了整棵樹。」樹上還有一只碩大清芬的椰子，比整棵樹更冤。

童子與長老

那些「自為童子，出語已驚其長老」者是靠不住的，還是「自為長老，出語乃驚其童子」者牢靠得多。

中國的浮士德

浮士德精神，套用中國的說法是「君子以自強不息」，那種自強是內向的，弄到後來鬥不過外界的強物強勢，就又有個說法，「成則濟世，敗則獨善」，謂之應順天命。有的固然竭力拚搏過，到底敗北，獨善了，那自然沒話可說。但中國的自強者往往先設計好「獨善」的退路，然後嘗試去濟世，稍一接觸，便斷定不成，退回來，覺得委屈萬分，於是獨善起來特別有滋味。中國沒有浪子，中國的浪子還沒離家已經想家了。

嚮晦宴息

弱而愚者，不知誰看得起他、誰看不起他。弱而智者，最在乎誰看得起他、誰看不起他。強而愚者，以為無論是誰，都看得起他。強而智者，看得起他、看不起他，一樣，他對別人也沒有看得起看不起可言。

急功近利並非惡德，只有一點遺憾，就是往往無功無利可得，甚而得了其反——急功近利者們的功利觀念實在淡薄乏味。

都道「平易近人」就是好的，其實單是「平易近人」還未知是好是不好。

平易近人，似乎意味著有個前科：本來是不平易近人的。如果沒有比較，何必稱道呢。而且，為什麼曾經不平易近人，怎會變得平易近人了，以前不肯平易近之的那些人就是後來平易近之的那些人嗎。那些人是什麼人。

平易近人，要看近什麼人。

而且平易近人是很麻煩的，近與被近都麻煩，如果麻煩而不知麻煩，就會弄得人也不像人。只剩一堆蠕蠕然的「平易」，何「人」之有。

平易，不近人。「平易」就蓄為自我常備的內在態度，這種「態度」或可賦名「無對象的仁慈」——至此，與起首的市井之議實在相去太遠了。

孔丘的知名度，乃從受人誤解來。生前、卒後、本土、外域，一貫普遍受人誤解。如果不誤解而理解孔丘，孔丘的聲譽早就銷歇。

在與上帝的衝突中，「我」有了哲學。在與魔王的衝突中，「我」有了愛情。在不與什麼衝突的寂靜中，「我」有了藝術。

此覆愛爾蘭詩人葉慈先生閣下。

（葉慈：「從我們與別人的衝突中，我們創造了修辭，從我們與自己的衝突中，我們創造了詩。」）

路上行人，個個臉色虔誠地朝自己的方向走，似乎要到幸福的所在去，如果那裡並不是幸福，何必這樣一步一步走，還舉著傘哩。

但世界人事是可知的，可推理而明悉的，路上行人，多半往不幸的所在走——既然不幸，為何要去？是哪，就因為如此，才叫不幸。

有朋友，懇託他辦件事，他豪爽而誠摯地允諾：「好，沒有問題。」

後來，是沒有問題，因為問題沒有了。後來次數多得令人恍然，憬悟隨便什麼事懇託這位朋友去辦，都是沒有問題的。

後來，溫婉有情趣地想，假如凡是懇託那位朋友辦的事全一一辦成了，這個世界可能大為改觀。

有受寵若驚，也有受辱若寵。於是先受辱若寵，緊接著轉化為受寵若驚，然後受驚若寵受寵若驚地循環下去……

功夫在於受驚若寵時笑容滿面滿手滿身，受寵若驚時要裝作驚得不得了，快要驚死了的樣子，那就有望博得更大的寵以及更大的驚。

中國文學家們來美國活動，講演題是：

「我為什麼要寫作？」

如果國際鋼琴家集會，挨個回答：

「我為什麼要彈鋼琴？」

那就只好認了。

青年時期沉醉於音樂，幾個朋友知我聆受莫札特的作品欠多，不時為之推薦這曲、介紹那首，其熱心的程度當然就是其愛好的程度——朋友早已風流雲散不知所終，但願尚未全終，還有一二在聽莫札特。

近年來兀自輾轉於莫札特的作品幾及全部，反覆苛求樂團、指揮、獨奏家、歌唱家，以免被人貽誤——漸漸想起青年時期的朋友，當初他們的愛好、熱心，依憑什麼，即使依憑樂譜，也為他們感到惘然，莫札特的音樂最容易使人一入耳便自信完全領會而終身不知所云。

臻於藝術至上乘的，非才華，非教養，非功力，非觀念，而是莫札特的那種東西，這種東西古希臘雕刻家也有，而莫札特還有古希臘雕刻家所沒有的「險要性」，他的音樂差一點就是幼稚胡鬧，他始終不會差這一點，憑這一點，莫札特逍遙於「才華」、「教養」、「功力」、「觀念」之上。莫札特位置所在，甚至令人懷疑他是否自識其位置，反之，如自識，也真是太歡欣太悲傷了（Piano Concerti NO.23的第二樂章中，彷彿透露「自識」的消息，且能使因之而起的歡欣和悲傷盈盈不溢，盈之又盈。是故以「偉大」來頌讚莫札特，好像是打擾他了）。此外，令人呆愕的是，以後總不會淨聽莫札特，那麼聽誰的呢。不過鑒於尼采曾敗壞我胃口，幾年之後胃口又會好起來，莫札特也不致使我一敗不振吧。

在哈佛大學逗留期間才證知那種地方是不宜寫作的，宜什麼，什麼也不宜似的。

某日為消食而閒步，行近燕京圖書館，感覺上是過外婆家門而不入，則有點不大好意思。

中國蜜蜂的蜂房，小暗髒鬧，意大利蜜蜂的蜂房，軒敞潔靜。

這個圖書館，小暗髒鬧的模式宛在，「鬧」是表現在書群的零亂擁擠上，聞說有中國詩人把自己的東西手抄成冊，塞入其間，然後努力於「眾所周知」，云云。

英譯的《世說新語》，而這部書的原文，對於中國的中、青年兩代人，已比英文還難懂了。

外婆墓木拱之又拱，舅輩蕩盡產業，表兄弟尚在爭那幾股不爭氣的氣，表姪們一概不見子都子充，乃見促狙狡童，所以哀莫大於心不死者的回答是，微君之躬，胡出乎泥中。

臨去一轉身，瞥見書架僻角《王安石文集》緊傍著《毛澤東選集》——有意如此陳列，抑萍水相逢，拗相公與打傘的和尚比鄰，這也究竟未可作歷史定位觀。

若有神助地一笑。

如果提到一個藝術家時，說：「某某，人是很好的。」——說者聆者就這樣順口順耳地過去了。

而說的那個、聆的那個，如果也是藝術家，大抵也在被說、被聆：

「啊，他，人是很好的。」

「她嗎，人倒真是好的。」

這樣的順口順耳中，「某某」、「他」、「她」都徐徐死了，到死也都不是藝術家。（「人」怎麼樣呢，也都並不怎麼樣，糊塗，小奸小壞。）

所以從來沒有「莎士比亞人是很好的」、「貝多芬人倒真是好的」這種話。

這是一種無以名之的天性，姑且稱為「有形上欲的天性」，顯現在童年時，被譏笑「多空想」，進入少年就不幸了——未諳航海術的水手愛海而推舟入海了。

秉有這種天性者，生來要以「思想」為終身行役，在正式登程之前，即其童年少年時期，都有好一番徒勞的掙扎。到後來被石雕被銅鑄的人，他們的著作、言行錄，像是為了自我復仇，切齒於童年少年的愚妄。

某辭典的籌纂者函徵我的「文學觀」，答：

文學，關於它的本體性云云，心裡算是明白得早的，因之一路來有所不為者多，有所為者就不多——文學使人類賢慧，使世界安好，至少原意如此，至少先相信其原意再慢慢說。

「慢慢說」，是「不願說」的托詞，未知該辭典的主事先生們體諒到我的禮貌否。

「文學」有何價值，要看什麼文學，誰的著作，哪一本。籠統談「文學」，開口即糊塗。「文學觀」夾雜在其他諸般觀點中，或猶可有所闡發，若要單獨大剌剌提出來，情況便肉麻，肉麻到無肉可麻那是常見的事。是故文學觀素來作為文學家的隱私才有其深意。資訊時代是個條理分明的亂世，南歐北歐的作家都叫苦，他們竭力自衛文學寫作的天然和人工的隱私權。只有中國的「專業作家」唯恐人家不問，甚至未問先答，和盤托出，結果連盤子也登在報上，編者讀者評者對盤子最有興趣，漢學家更熱心研究盤子。

「文學」的功夫，客氣也沒用地要計較文字的逐個動定，比弈棋更緊，一字等於一子，悖了就輸了。而且文學的功夫又得爕理陰陽，剖析男人女人，「人」卻是無法分清男女而加以冷賢評述，文學家動輒有所好有所惡，能做到淡淡入骨，悠悠切齒，已真不容易，看起來是顧及所好所惡者的面子，其實是文學家自己要面子。

那些人各有一份歪才，才度小、歪度大、歪度這樣大，這樣大的歪度就把才度歪光。

她是亂世的佳人，世不亂了，人也不佳了——世一直是亂的，只不過她獨鍾她那時候的那種亂，例如「孤島」的上海，縱有千般不是，於她親，便樣樣入眼。

她的文學生命的過早結束，原先是有徵兆可循的，她對藝術上的「正」、「巨」的一面，本能地厭棄，以「偏」、「細」的一面作精神之流的源頭，水是活的，實在清淺，容易乾涸了。喜歡塞尚的畫，無奈完全看錯，其不祥早現如此。

正偏巨細倚伏混沌，人事物毋分雅俗，分了，兩邊都難有落腳處。

門外漢有兩種，入不了門，又不肯離門而去，被人看在眼裡，稱之為門外漢，如果不在門前逗留，無所謂內外，漢而已。另一類是溜進門的，張張望望，忽見迎面又有一門，欣然力推而出——那是後門，成了後門的門外漢。

後門的門外漢絕不比前門的門外漢少。「哈佛大學」的新解是：有人在此「哈」了一下，沒有成「佛」。

中國人醒了，不是覺醒的，是吵醒的。

古代人與近代人的區別，在於古者是自然的不知覺的逆子，近者是自然的知覺的逆子。古代藝術家明明背叛了自然，卻聲稱崇拜自然師法自然。但知覺的逆子並不一定比不知覺的逆子高明，古代藝術家儘管嘴上糊塗，心裡沒有糊塗，他們的作品是悄悄地逆自然，逆得機巧百出，至今看來愈發感到博洽可敬、逴躒可愛。

近代現代後現代的藝術家，相繼臻於全知全覺地逆自然，出了許多傑作，可奈也有逆得獰厲露骨慘酷無狀者，足見逆過了頭會使藝術不成其為藝術。這就很奇怪，先是藝術必逆自然，後來又不能逆過頭，憑什麼判斷這度與份呢。

我與自然有過長期的「情人間的爭吵」，終於講和——生活上的妥協，而非藝術上的遷就。

哲學家密爾將「詩與雄辯修辭」說作是「有熱情的真理」、「感覺渲染的思想」，他洩漏了天機：不可能有真理，僅只是熱情，無所謂思想，至多得到些感覺。

曹雪芹在當時，真是既出了類，又拔了萃，他寫賈寶玉的用情，越尊卑，破倫常，忘性別——不止現代、後現代，還遠超得很哩。

「天下第一淫人」（意淫）唯曹侯當之，無愧。

中國古代大概以無數事實作了統計，結論為「奸近殺」，撇開社會道德規範的正負兩種殺機，愛情本體的專制性是更強烈的潛在殺機。不過，這樣粗疏分析出來的殺機，層次還是簡單的，僅是妒忌心、占有欲、報復意志所使然。若將「奸近殺」引申為

「愛近死」，層次就繁複。高則高到粉身碎骨超凡入聖，低則低到寢皮食肉謀財害命了。

使愛情的舞臺上五光十色煙塵陡亂的，那是種種畸戀，二流三流角色。一流的情人永遠不必殉隕，永遠不會失戀，因為「我愛你，與你何涉」。

一些紙，一些布，一些石頭銅塊，一些高低快慢的聲音——光榮偉大的藝術。

藝術是最虛幻不過的了，全憑人的領悟而存在，這樣的非物質，這樣地非附在物質上不可。

藝術的虛幻使我驚惶，也知道自己已落到故作驚惶的地步。

有神論者的宇宙是「神」，不是宇宙——有神論者無宇宙觀。

無神論以直面宇宙為起點，頗多無神論者就在此一刻就嚇成了有神論（真是，有神論差不多全是被宇宙嚇出來的），李耳也被嚇，沒嚇倒，他之所以假藉宇宙規律而演繹為人生韜略，大概覺得好玩，眾人熙熙如登春臺，我何不也玩玩，於是玩了五千言。

可吟可誦可唱的詩，是詩的童年，詩的童年時期的既有特徵。而今而後的詩，只宜閱，不需要發聲——完全脫出音樂的襁褓。

詩神加冕之夜是寂靜的。

只愛女人的男人，是知其「女」，不知其「人」。只愛男人的女人，是知其「男」，不知其「人」。待到你承認這一淺顯傖俗的說法煞有深意，可惜為時已遲，男人女人都成為路人，「路」為主，「人」模糊難辨了。

電視佈道，感召力極大的牧師，一個叫吉米・貝克，一個叫史華格，曾經互相攻訐對方為假先知。

吉米・貝克以強姦教會女秘書並詐騙信徒錢財而被捕入獄，史華格因嫖妓內幕暴露而身敗名裂。

從電視上看到千千萬萬的信徒，仰面恭聆吉米・貝克、史華格的佈道，個個如癡似醉熱淚橫流，她們和他們，現在不知在做什麼。

我偏愛的人間一角——馬德里。普拉多美術館，哥雅的作品一一四件油畫四七〇件素描。Mayor 廣場，離太陽門只五分鐘路程，周圍全是十七世紀建築，窗口掛繡帷。從這裡往南走，就是鼎鼎大名的 Rastro 舊貨市場，每星期日早上，Toledo 路和

Curtidores路一帶，便搭起千百個帳棚，骨董、宿物、土產、工藝品、藝術品吊滿擺滿，遊人只能一步挨一步前行，我比誰都走得慢，像個快樂的病人。

我還偏愛塞哥維亞（Segovia），那是有原因的——塞哥維亞與布拉諾不同，布拉諾是意大利的彩色島，塞哥維亞只有黃褐色，處處是時間的痕跡，人們叫作歷史的那些東西。

塞哥維亞，馬德里西北九十公里，人口五萬餘。從馬德里的Chamartin車站或Atocha車站搭兩小時火車，再換一段短程巴士，而Norte火車站附近也有直達巴士可乘。

整個城是原封不動的古蹟，羅馬人以花崗岩建築兩層拱門的水道橋，長七百二十八公尺，高二十八點八公尺，橫跨新舊城之間，大小車輛均由橋洞穿過。

全城為石牆所圍，中有大寺院、高堡、藝品店、飲食店，城外的尖塔與城景陪襯，一邊是河水迂迴，一邊是無際的荒原，枯木、古堡、蒼涼的黃褐色的Segovia。

我偏愛塞哥維亞的原因是，我也黃褐色，也蒼涼，而且，英國的家庭教師時常說：「多記印象，少發主見。」至少我在塞哥維亞時是一無主見。

功利主義（功利觀念）趨向極端總會流弊百出，政治家和資本家都是短見的。一位船長，明白船在什麼海裡，要駛到哪裡去，航線也清楚有把握，然後，想法使船中的人健康快樂，這樣的功利主義還差不多，而這樣的船長從來不曾出現過。

繼「迷惘的一代」而來的是，「全無心肝的一代」。

「五四」時代的白話詩（新體詩、自由詩）是時代的產物，只夠佐證該時代的畸型，故係史學範疇的事，而非文學範疇的事。文學沒有憐憫姑息可言，夾生飯不是風格。

「電影」這門後來居上的藝術，正要成熟，紛紛爛掉了。滿目壞電影。看一次等於受一次辱。偶爾看到了好的電影……報了仇似的痛快。

驕狂是豪奢的，蘇格拉底的驕狂何其寒傖，令人想起中國民間傳統中的濟顛僧。也許聖者都矯情，以此打動人心。

單憑一個人的記憶，多少已死的已消失的人事物都泱泱地活著存在著，而一個人的記憶因其死而消失，與之共亡的人事物不知有多多少少。

記憶最廣袤、最完備，愈是細節愈清晰。

探索物質的基本粒子，探索到最後，會發現它們類同於人腦的記憶。宇宙是一個記憶性的構成。

宇宙的構成是記憶性的。

余固不免好為人師之患，久之，乃知人可教，命不可教也，人皆有命，皆不可教也。或曰：其命晔，而其曲偉。其命智，而其詩壯。豈有說乎。曰：其自教也，其善孜孜自教者亦命也，命自可教也。余謹自教，行有餘力，復以教人，擇能自教者而教之。春日遲遲，桃李在堂，嗚呼，後其樂而樂，可不為人師哉。

除了極少數人中的個別者，其餘的，我是當作景物看的。景物一直欠佳，看只是呆看。

那「個別者」對面行來，及近相視莞爾，沒有理由停步，姍姍走過去了，想回望而未回望，故不知那人回望否。

社交場中善於辭令，是一種本領。默然，藹然，蕭然，卻顯得很融洽，是一種本領。說話不多，聲調不高，而使人一直覺得你在說話，是一種本領——因事因人，隨機更換此三種本領者，尤見本領。

朋友交誼亦如逆水行舟不進則退，既退復進者鮮矣。

於人情之和而合中呈風度，於人情之舛而離時更顯風度。「訂交」是一項藝術。「絕交」是一項藝術。

人體整個是性徵，巨細靡遺地密佈欲念的挑逗效應。從第三效應（凝視）到第二效應（偎吻）到第一效應（交媾），此進行式是「死」的進行式。這是華格納、鄧南遮、貝勒、路易等等亞當們的話題，而佛洛伊德不是差一步，那是兩碼事。

認知無神論易，認知無真理論難。有真理論仍然是有神論。

慣於依賴，依賴神不行了，便依賴真理，再又依賴不下去，才可能覺醒——人類的第一次覺醒，以前的都是夢中的覺醒。

輯二

一飲一啄

你是含苞欲放的哲學家
爬滿薜荔的牆內　有一番人事
好看的人　咬指甲時尤其好看
夜漸漸亮了　芥川才寫這種句子

蹲在潛艇的機械叢裡　想念牛排之畔的荷蘭芹
陽光下晾乾的褻衫　亞當最初的香味
窮得晚餐後飲苦艾酒吸摩洛城堡牌雪茄
那要看櫻花樹下有沒有自己
修路工橙黃的背心　交通紅綠燈　不是色彩
橡皮外套的氣息毫無情趣

西方早已文明　尚留下舐食指拇指的小野蠻
粼粼在雪地中的深碧池塘
微雨夜　樹叢間傳來波蘭的心悸
日日慣勤於讀報的厭世者呵
公園石欄上伏著兩個男人　毫無作為地容光煥發
你煽情　我煽智
飛來又飛去的才是天使

富貴之家　貧賤之家　燈光都是暗暗的

那口唇美得已是一個吻

凝坐燈下　愈來愈豔地一陣　不見了

昨夜有人送我歸來　前面的持火把　後面的吹笛

問何所嗜　予嗜離題　尤其在情愛上

老鼠從帽子中忽的竄出　拿破崙嚇了一跳

秋天的風都是從往年的秋天吹來的

不嫉妒別人與你相對談笑　我只愛你的側影

聖潔的心　任何回憶都顯得是縱欲

一個酒鬼哼著莫札特踉蹌而過　我覺得自己蠢極了

騎著白馬入地獄　叼著紙菸進天堂

紅褲綠衫的非洲少年倚在黃牆前露著白齒向我笑

凡林蔭道轉角有一小教堂的　都很美

陌路人憂傷地走近來　走近來　向我笑了笑

不偏食　尤其在哲學桌子上

雨後　總像有誰離去了

取心花怒放的怒字

沒有比春夏秋冬的次序更如人心意

野薔薇開白花　古女子蒸之以澤髮

微風善記憶

玫瑰之蕊　以為世界是玫瑰色的

貌合神離固遺憾　神合貌離亦悵惘

士馬精妍　四個字湊在一起真熨帖

顫巍巍的老態　從前我以為是裝出來的

漢家多禮　稱愚人曰笨伯

雲影暗了街這頭　那頭的房子亮得很

展示品禁止接觸　我撫摸了安徒生的手提箱

某人寫傳記　實在是自我炒魷魚

動物從不一邊走一邊吃東西的

有的朋友　猶如廚房砧板　不能無不必多

銅綠的綠是銅不願意的綠

小小水榭　我和你夏了一夜　再夏一夜

石洗藍布多口袋的馬甲　又入世　又出世

兒時　看武打戲似地讀諸子百家

孟子曰　存夜氣　我對蕭邦一笑

任何東西進了博物館都有王者相

史家切忌吏氣

一雙鞋就是一個時代　時代只一個　鞋倒有兩隻

自我流放者視歸如死

鬚眉濃郁的青年　支票上　暴風雨簽名
要恭維殘障人的長壽真為難呵
招徠遊客的仿古馬車　兩束寒傖的紙花
寂寞無過於呆看凱撒大帝在兒童公園騎木馬
貧窮有時也是一種浪漫
路人之悅目　皆因都在過程中　未露惡意

然後　五隻鳥這樣斜飛過樹梢
春雨綿綿　隔牆牛叫　床上歡娛無盡
炎陽下芭蕉的綠是故意的綠
這種人的愛　郵票背面的膠質
又來一個羞答答的厚顏無恥者
郵差開啟路角滿滿的信箱　人類真嚕囌
她斜肩提包疾步而來　深深吸口菸　難哪

盲者之妻天天濃妝豔抹

小包放進大包裡就安心了　大包遭劫

那臉　淡漠如休假日的一角廠房

穿件黎明似的絲衫　牽條黑夜般的大狗

樂於走進沒有顧客的商店

生命樹漸漸灰色　哲學次第綠了

橐橐清脆履聲　什麼事都有辦法解決似的
首度肌膚之親是一篇恢宏的論文
樓下黑管嗚嗚然　樓上往事如煙
說直爽　他是汽車加油站那種直爽
人們都不感覺到郵局的淒慘神奇
思想會凍　好多哲學著作是凍瘡
晴秋上午　隨便走走不一定要快樂

我就把人類看作糧倉中的餓殍
霓虹燈　商業的弄臣
你已落到了街面櫥窗中的三桅大帆船的地步
這樣走過來　我知道　壞人
時裝　多半是上當的意思
人的肉體的風景呀

曳著拖鞋進教堂　她畢竟與上帝是一家人

美國鬼節　一片陽氣

有人這樣寫　天藍色的天

不太好看的人最耐看

修道院的屋子在修道

原諒亞里斯多德　他氾濫　未能停蓄

平民文化一平下去就再也起不來了

很多科學家在哲學上是票友

古文今文焊接得好　那焊疤極美

中國需要上中下三等啟蒙

花謝後　葉子不再謙遜

琅琅上口的成語　最消磨志氣

衣袋裡的塵屑是哲理性的

論精緻　命運最精緻
修改文句的過程是個欲仙欲死的過程
在植物動物看來　人的服裝化妝統統失敗
暴徒的一身壯麗肌肉是無辜的
藝術家是用藝術來埋怨上帝的
五月　草木像是下次不再綠了似地狂綠
夜夜而不夜於夜

活在自然美景中　人就懶　懶就善

啊神啊　你曾以人的名義存在

潔癖之女　最喜男中之尤髒者

無頭的天鵝與無頭的蒼蠅是一樣的

罪人進了天堂　會比在地獄更痛苦

有神論分兩種　直接有神論　間接有神論

歷史無新事　歷史也不抄襲

彼等正在熱衷於描寫男騙子和女騙子的愛

常常　哈瓦那摩洛城堡牌雪茄顯得是一件大事

容易鍾情的人　是無酒量的貪杯者

初戀多半是面向對象的自戀

真實的愛情是颯爽的　歌德明審

有知之為有知　在其知無知之所以無知

無知之為無知　在其不知有知之所以有知

余師雪而鄙殘雪

一個體貼入微的大逆不道者

決戰於帷幄之中運籌於千里之外的年輕人哪

當仁不讓　就是當不仁不讓　不讓其不仁

或人想作宗師　急急乎去搜羅一代

女人守口如瓶　然後把瓶交給別人

有為而騙的人到後來會無為而騙

此人確有一望無際的小聰明

貝多芬鋼琴奏鳴曲第廿八號　哲學的滋味

同上作品　也應說是一種可以咬嚼的瀟灑

在耶穌的眼裡　一切人都是病人

耶穌是醫生　自己幻想出來的醫生

明人刻書　書亡　今人譯書　書癱

她賤　他犯賤

要言不煩地一直嚕囌下去　文學家之宿命

人權綱目太粗　才有女權之說

春秋論神智器識季札第一　魏晉論才調風度嵇康第一

敏於受影響　烈於展個性　風格之誕生

藝術是光明磊落的隱私

孩子的假笑　老人的羞澀

得不到快樂而仍然快樂的才是悲觀主義

愚者斥智者為異己份子

安徒生（H. C. Andersen）初到中國時　大家叫他英國安徒生

假如老虎背個包在森林裡走　多難看

胖姑襲花衫　花都胖起來

從沒見過一個十分狡猾的人後來成了瘋子

蔥油麵餅的熱香　最人間味

寂寞　多半是假寂寞

知與愛永成正比　這是意大利產的好公式

恐怕不是代溝　是弱水一片

凡是主義都是彆扭的　主義　就是鬧彆扭的意思

本能地反對一切既成見解　美麗的法國夫人如是說

晨起洗澡　把夜洗掉

迂腐並非下流　中國就有一種下流而迂腐的東西

髒到了眼鏡片也不拭乾淨

據自訴　他之所以無志　是因為怕得罪人

老夫妻的臉總相像　走路姿勢尤其像

糊塗不是單數　必要複數　才真的糊塗了

這是一種口唱光明腳向黑暗走去的奇異動物
平易近人　近什麼人　如果所近非人
木匠死了　煙斗放在床邊　溫熱的
把頓悟納入漸悟中　猶卵之在窩
桃樹不說我是創作桃子的　也沒有參加桃子協會
健康是一種麻木

像卡夫卡那樣　是很累呵
湯顯祖的簡札可讀性頗高　你說呢
西青散記　有些片段像紀德的地糧
看在莫札特的面上　善待這個世界吧
巴黎灰濛濛冷得出奇　不　用心工作
耶誕近了　食品店又要用棉花冒充雪花了
手忙腳亂地愛過一夜　從此沒見面

弱者與弱者的舐犢情深或相濡以沫　只會更弱

精神世界是不是也有統一場呢

人　自從有了鏡子才慢慢像樣起來

全世界選定的健美先生　一槍立斃

齊克果　卡夫卡　他們真難受

藝術　以魔性呈現神性

實在不習慣於地上走　鷹說
王實甫比關漢卿更懂事些
悲苦　使人精緻　使人粗糙
宗教是雲　藝術是霞
有見臥佛　曰　此子疲於津梁矣　臥　始津梁矣
知識不必多　盈盈然即可
庶民有雪亮的眼睛　庶民無遠見　庶民無記憶

自尊　實在是看得起他人的意思

英雄第一次遇上命運　命運閱英雄多矣　英雄必敗於命運

文學　哲學　一入主義便不足觀

賣座鼎沸　票房寥落　是同一個戲在兩個地方上演的實況

淫蕩者找到了心上人便會從此忠貞

歌唱家的聲帶也不是她的　國王右手的食指也不是他的　到了

那一天

母愛是一種忘我的自私

人生恰如監獄中的窳劣伙食　心中罵　嘴裡嚼

如將文學比作藥　也只供內服　不可外敷

聽得見的是修辭　聽不見的是詩

以眾生的愚昧來反襯一己之明慧　這種宿命真可悲

途遇疇昔之情人　路的景色變了一變

希臘的夕陽至今猶照著我的背脊

夏季的樹　沉靜　像著作已富的哲人

美的臉　美的肢體　衰老時常會刻毒地自我譏諷

禪或道　宜作方法論不宜作目的論

列寧的額頭消失　普希金的頰鬢永存

狗咬狗　那麼誰是狗呢　咬起來就知道誰是狗了

鮮豔的色　面積過大會感到恐怖

現代藝術　思無邪　後現代藝術　思有邪　再下去呢　邪無思

女人最喜歡那種笑起來不知有多壞的男人

忠厚樸訥是奸險之徒的包裝

裸雞在明煌的烤箱中轉呀轉　好像很幸福　誰幸福

我是一隻厭惡花朵的蜜蜂

端坐而等待開幕　音樂響著響著　特別感到自己人格的獨立性
的酸楚

梵谷不過是在用畫筆說　這樣　這樣　自然就更自然

虛榮沒有什麼不好　只是光榮沒有份了

性無能事小　愛無能事大

濫情非多情　亦非薄情　濫情是無情　以濫充情

老實人不會說俏皮話　最俏皮的人慣說老實話

現代的那種住房　一家一套　平安富裕地苦度光陰

矯健者的背溝　削至腰部的那種遒緊的清虛　每次都令人心折

至多是這樣說　逝者的生命延續在存者的身上

愛情如雪　新雪豐美　殘雪無奈

我的幸福都是「幸福」　去掉「」　就不幸福了

輯三

亡文學者

早已有先知在人心的荒野裡高喊：「文學死了！」而且不按老章程，後面沒有加一句「你們改悔吧」，所以尤其可怕，改悔也無機會——既然如此，還是讓文學悄悄壽終，以符息事寧人之常道，但喊已喊了，應聲四傳，似乎有些悲壯，因為死掉的畢竟是偉大崇高的文學。

文學好端端地怎會夭折？據說病源在於商業社會，萬事萬物都由市場價值作判斷，商業帝君執一切產品的生死仲裁權。有實際利潤則興、無實際利潤則汰，畫廊與髮廊齊飛，書店共飯店一色，通俗性、大眾化，原意或者是好的——通俗性本是為了俗者之性能得以通，大眾化當然求其化大眾、普濟廣度，全面超生，然而，通俗性使俗性愈來愈不通，大眾化弄得大眾冥頑不化，這到底有負於提倡「通俗性」、「大眾化」的志士仁人的初衷，效果反檢動機，事體敗壞之後，情況還得講清楚，提倡者的偏見短見迂腐之見，於今觀之何能辭其咎。

這樣，文學是期在必死的了，不過總還有一段時日可拖，最後迴光返照，煞是好看，亦未可知。要使文學速亡，得有人出來下毒手。

應運而生的是幾許史無前驅的「文學家」，以抖亂詞句、攪混語法、淺入深出、故作姿態為能事，頗有當今文壇捨我其誰的氣概，拆穿這類迷障騙術並不難，且看：

一、彼等發明了此套把戲之後，旦旦重複其伎倆，愈用愈濫愈衰竭，足見智力之低劣，世誠有所謂「歪才」者，然亦多歪而無才者。

二、擇邪固執，決不會悔悟——勿含惡意的愚蠢尚可解，飽含惡意的愚蠢無可救藥。內因既絕，外因何濟，油嘴滑舌的人總是一輩子油一輩子滑的了。

何以有人喜歡讀這類角色所寫的東西？

一、讀者本身亦宅心不正，對純粹的文學作品難以理解，一旦碰上胡說八道的東西，樂了，來勁了，自己譁不了眾取不了寵，便成了被譁之眾，去寵那些東西。

二、算起來倒是科班隔壁出身，排行於老作家輩，看到年輕人裝瘋賣傻肆無忌憚，心裡有點慌，大概要「新潮」、「前衛」、「後現代」，已經應該必須這樣的了，但老作家而掉轉馬頭撤潑，不敢，也不會，於是一份嚮往之情，慨然付予年輕人，撰文讚揚，許為知音，落得個獨具慧眼獎掖後進（先進）的美名，這一來，自己也躋身於最新潮最前衛最後現代的行列，況且自己以前也難免寫過些不明不白不三不四的東西，藉此一併算在「摩登」帳上，豈非上上大吉。

這是一個不太奇怪的奇怪現象，中國大陸與港、臺、東南亞幾乎同時出現此類角色，前人不屑用的方法，他們用了，以為出奇制勝，中國文學傳統流派無算，未見有以文句故作不通，修辭恣意悖謬而成流成派者，世界現代文學，自「意識流」創始以來，衍生的各種支渠中，固不乏走火入魔者，但瑕不掩瑜，從整體看，現代各派文學各有典範業績，各有集大成的代表人物定位於史冊，且駸駸乎已將事過境遷了，所以中國「文壇」上有上述的角色跳踊其間，亦不過是世界現代文學在中國的異化現象，充其量：木榫劈斧頭，鐵鎖開鑰匙，自己跳不出自己的模式，再則賣弄些音同字不同的花招，還不如街坊遊民的插科打諢有諧趣——以為憑這點本領就可走江湖，也實在把江湖看得太小了。

亡秦者秦也，亡文學者「文學家」也。

晚禱

I

與孩子是不能談童年的，與耆老可以談暮年，而與少壯者是否更值得談談青春的寶貴，身在福中不知福則未足以論福，身在青春中，知青春之所以為青春，那麼活力與光輝自會陡增一倍，當然更不致自誤或被誤導。

又要「言必稱希臘」了，古代的雅典有一則不成文的共識：凡少年，都得有一位青年或中年作為他的朋友（好友、密友），這樣，少年的成長就有了扶持（有所遵循），這樣不但美好幸樂，而且切實易行。試想老年人與少年人，由於歲數相差太多，天然的代溝無法逾越，忠厚敬老，慈祥攜幼，那是義務的德行而非審美的情操。十五歲者與二十五歲者，還是有兄弟姊妹感，即使是三十五歲，在十五歲的人看來，仍有大哥大姊感。所以容易接近，對事物的興趣能同趨向，作交流。

確有慧心的人，到了二十五、三十五歲時，回顧已逝的青春，必有所悔，必有所悟，因而很願意對比他（她）小十歲、二十歲的朋友傾談衷款，能指點別人，是快慰的，如果聆者順從、感恩，那就愈加使大哥大姊為你盡心竭力。所以年輕者不必對年長者畏懼，盡可以開誠坦懷，企求年長者的提助。

羅馬尼亞有一位女歌唱家，當她的歌聲臻於全盛期時，某夜，她連連謝幕後回到化粧室，一黑衣蒙面的婦人坐在那裡等她，呀，原來是她最最崇拜的意大利花腔女高音帕蒂，她慌忙跪下：

「大師，感謝您的光臨！」

帕蒂說：「我因為唱過了頭，壞了名聲，你可要懂得適可而止！」

不久，她果然舉行了告別式的最後一場演唱，從此退隱了、完美了。

II

生命是一個騷亂的實體，愈臻高級的生命愈騷亂，因為其能量強旺，質素繁富，運轉劇烈。所以說，少年維特的煩惱不是十九世紀一代的精神表徵，而是每個時代的每一代少年必經的人生階段。少年而沒有煩惱，成長起來不是聖人倒是庸人。但少年而無能對付料理其煩惱，就會斷送在一波未平一波又起的煩惱裡。刪除了胡鬧、任性、喧囂……青春就不是青春了。托爾斯泰曾為青春作如是辯護，他自己卻深知青春不可一味胡鬧任性喧囂，否則也沒有他這部豐髯，這許多傑作了。直白些點明主題的是歌德的那句口號「回到內心」，這是他自我教育的良方，每當他深陷於愛與欲的人事牽絆之中，就聽到一個聲音，召喚他回到內心，也許他遲疑過，推宕過，然則每次總是應命歸返，用他自己的說法是：為所愛的人做了一尊雕像，於是告別——托爾斯泰，歌德，是大人物，大人物都有戇憨的一面，那麼優雅伶俐的當然是芸芸眾生，倉皇四出求愛乞憐、胡鬧、任性、喧囂……卒至切齒哀號慟哭了。

「死」，不是退路，「死」是不歸路，不歸，就不是路，人的退路是「回到內心」。受苦者回到內心之後，「苦」會徐徐顯出意義來，甚至忽然閃出光亮來，所以幸福者也只有回到內心，才能辨知幸福的滋味。

這個「內心」，便是「寧靜海」，人工的寧靜海，誰都可以得而恣意徜徉，眼看不到，手摸不著，卻是萬頃碧波，一片汪洋。

唯有這海是你所獨占的，別人，即使他是你最寵幸的人，也只能算作海濱的遊客。

Ⅲ

他旅行他回來
他經識了駝鈴的寂寞

廢墟的暈眩
帳下寒冷的醒寤
同情中斷了的辛辣

——《情感教育》

什麼惡是美的，什麼善是醜的，什麼美是惡的，什麼醜是善的，什麼醜是惡的，什麼美是善的，什麼惡是醜的，什麼善是美的，什麼美是醜的，什麼善是惡的，什麼醜是美的，什麼惡是善的？能輕易區別得出性質的事物畢竟不多，多的是因素混雜的庸碌碌之輩，日常周旋並與之聊共休戚的便是他們她們，供作臧否的一點點「是」一點點「非」不過由此而來，格物處世的涵養功夫擒縱伎倆，就在於怎樣從零亂的行跡中辨認出何種庸碌其實是美且善，何種庸碌到底是醜又惡，近之，遠之，迎之，避之，納之，屏之，唯其庸碌，沒有多大美醜善惡可言，唯其沒有多大可言而能娓娓道來，豈非更其載驚載喜，這是在說，如果無力將庸碌者歸類為美善醜惡諸大宗，那麼您也真庸碌得可以了，如果您不屑與庸碌之輩通款結鄰，您得喬遷到冰天雪地中去，目前的這個軟紅十丈的世界從來未曾清淨過，所謂「選擇」，乃即時即地即人即物去作您的潤滑的判斷吧，除此我們早已無以措手足，「情趣」（通常叫做「幸福」）在於隱隱測知庸碌男女的趨向，若善若惡若美若醜若密若疏若推若就，眺之不足則攬之，鄙之欲嘔則斥之，生活的滋味是這樣品嘗出來的，僥倖遇上物之尤者，精彩得不可開交，那就饜足了您的好奇心求知欲審美力，但生年不滿百，機緣太難得，而且事到臨頭險象環生，自以為篤定泰山的智叟強徒，在尤物的魅力精光下悄悄化為齏粉，所以庸碌的本義恐怕正在於毋以玉碎寧以瓦全，回去吧回去吧，仍舊回到小小的圓桌邊，男的男，女的女，至少不曾編號於蠟像館，您果真是肝腸如火，彼自然會色笑似花，深夜的寒雨亂打窗扉，燈明茶香，互道別後生涯的大綱細節，還沒有忘記那些杜撰的成語，私人的典故，狄更斯這樣地一寫再寫，我們不妨那樣地一做再做，生活都只是獵與被獵呵。

媚俗訟

媚俗（kitsch）是現代商業社會的宿命特徵，媚俗的潮流(tide of kitsch），到了有人要抗議，已是不可抵制的時候了。

a

指責十八世紀的啟蒙運動，這種現成語太容易說，亞里斯多德是蘇聯極權主義的太祖嗎，伏爾泰要為古拉格群島集中營負責嗎，中國民諺「老虎不怪，怪山」，虎噬了人，人恨山，要是沒有你這座山，哪能會出虎。

b

「理性萬能」是錯，任何「萬能」都錯。十八世紀啟蒙運動成為二十世紀極權主義的作俑者，這種新原罪，且不論其公道與否，總歸對二十世紀並無教益，反「理性」的論調是瀟灑的，反「理性」的行為卻步履踉蹌。

說「十八世紀不僅屬於盧梭、伏爾泰、費爾巴哈，它也屬於費爾丁、斯特恩、歌德和勒盧」，不如說十八世紀屬於莫札特。「回到莫札特」的呼聲，告知世人，我們再也回不到莫札特了。

c

「凡存在，皆合理」，萊布尼茲、黑格爾皆出此言，合什麼「理」呢，這樣的話說了之後，還好意思說別的話嗎。這是關門時說的話，說完，門關了，這門是墓門。

d

人類的愚昧，使福樓拜發狂地憤怒，是「先知的憤怒」，「彌賽亞的憤怒」，所幸他撒手得早，再遲一世紀……我們是見得多了，見怪不怪其怪才不自敗哩。

既然「評價一個時代不能光從思想和理論著手，必須考慮到那個時代的藝術」，那麼福樓拜是藝術家，他沒有將其暴怒放進他的藝術裡，怎麼辨？

e

「現代化之為愚蠢，並非由於無知，而是對各種思潮的生吞活剝」，是這樣，多半是這樣，但投向未來世界的影響，福樓拜會比佛洛伊德更深遠嗎——不可想像。未來世界的圖像，或者：佛洛伊德的心理分析學油膩了，乏味了。同時，獨立思考，真知焯見愈來愈不成其為勢力。俗媚俗，愈俗愈媚，愈媚愈俗，歐羅巴一窒息，別處隨之癱瘓。莫取笑，歐羅巴沒有什麼長在母體之外的心臟。布洛克（Hermann Broch）說：

「現代小說英勇地與媚俗的潮流抗爭，最終被淹沒了。」

可不是預測，而是承認，又有多少小說家（藝術家）在參與媚俗的潮流，儼然主流哩，這些奸賊，福樓拜見之要吐血，布洛克的話隔了五十年，在大眾傳播媒介的無孔不入的洪水中，「美學」、「道德觀」競起獻媚，一俗生萬俗，什麼都可以俗個透，這叫奇蹟。

上帝有沒有幽默感，我們不知道，只知道政治的極權、商業的極權是絕無幽默感的。

f

潘朵拉的盒子有好幾只，至少是一洲一只，那歐羅巴的盒子打開，各種災禍飛了出來，趕緊蓋上，盒底只剩一樣東西：個人主義。歐羅巴是憑個人主義來與各種災禍作周旋抗衡的，媚俗的潮流使個人主義慘遭滅頂，其他的主義死了，會有哀樂輓歌，唯個人主義之死一片沉寂。

去歲春日，偶見米蘭・昆德拉一九八五年五月在耶路撒冷文學獎的典禮上的講詞，隨記了些感喟，擬作〈媚俗訟〉以抒鬱結，無奈拖宕經年一時難以成篇，不如錄出例為斷想，仍用〈媚俗訟〉冠之，有貽大題小作之譏，或示蓄意與訟事猶未已可也。

一九九二年冬初，傑克遜高地

木心作品集——

素履之往

作　　者　木　心
總 編 輯　初安民
責任編輯　何宇洋　施淑清
美術編輯　黃昶憲　林麗華
校　　對　何宇洋

發 行 人　張書銘
出　　版　INK 印刻文學生活雜誌出版股份有限公司
新北市中和區中正路800號13樓之3
電話：02-22281626
傳真：02-22281598
e-mail：ink.book@msa.hinet.net
網　　址　舒讀網http：//www.sudu.cc

法律顧問　巨鼎博達法律事務所
施竣中律師
總 代 理　成陽出版股份有限公司
電話：03-3589000（代表號）
傳真：03-3556521
郵政劃撥　19785090 印刻文學生活雜誌出版有限公司
印　　刷　海王印刷事業股份有限公司

港澳總經銷 泛華發行代理有限公司
地　　址　香港新界將軍澳工業邨駿昌街7號2樓
電　　話　(852) 2798 2220
傳　　真　(852) 2796 5471
網　　址　www.gccd.com.hk

出版日期　2012年8月　初版
2019年11月20日　初版三刷
定　　價　240元
ISBN　978-986-5933-20-3

國家圖書館出版品預行編目資料

素履之往／木心 著；
--初版, --新北市中和區：INK印刻文學,
2012. 08 面； 公分.
ISBN 978-986-5933-20-3（平裝）
855　101010559